瓊瑤◉著

還珠格格 三之三

真相大白

20

雖然說是『微服出巡』，一位皇上要出門，仍然是浩浩蕩蕩的。又是車，又是馬，又是武將，又是隨從。大家已經儘量『輕騎簡裝』，隊伍依舊十分壯觀。

馬車，踢踢踏踏的走在風景如畫的郊道上。馬隊踢踢踏踏的相隨。

車內，乾隆、小燕子、紫薇、紀曉嵐坐在裡面。

車外，爾康、爾泰、永琪、福倫、鄂敏、傅恒、太醫都騎馬。

乾隆看著車窗外，綠野青山，平疇沃野，不禁心曠神怡。

『今天風和日麗，我們出來走走，真是對極了！怪不得小燕子一天到晚要出來，這郊外的空

氣，確實讓人神清氣爽！』便高興的喊：『小燕子！平常都是紫薇唱歌給我聽，今天，妳唱一首來聽聽！』

『皇……皇老爺！你要我唱歌啊？』小燕子一呆。

『什麼黃老爺？妳這丫頭，才出家門，妳就給我改了姓？我是艾老爺！』

『是！艾老爺，我的歌喉跟紫薇沒法比呀！』

『沒關係，唱！』

小燕子無奈，就唱：

『小嘛小兒郎，背著書包上學堂，不怕太陽晒，不怕風雨狂，只怕師傅說我，沒有學問，無臉見爹娘！』一邊唱，一邊看紀曉嵐。

乾隆沒聽過這樣樸拙的兒歌，聽得津津有味，看著紀曉嵐直笑。

『紀師傅，這首歌，是唱出她的心聲了！』

『是！我明白了！原來她也有「怕」，我只怕她「不怕」！』紀曉嵐笑著說。

紫薇心情愉快，看著衆人，接著小燕子的歌，用同調唱了起來：

『小嘛小姑娘，拿著作業上學堂，抬頭見老鼠，低頭見蟑螂，最怕要我寫字，魚家瓢蟲，滿

紙盡荒唐！』

小燕子一聽，對著紫薇就一拳捶去。

『妳笑話我，太不夠意思了！』

紫薇又笑又躲，乾隆沒聽明白，忙著追問：

『什麼魚家瓢蟲？』

『上次老爺要小燕子寫〈禮運大同篇〉，她一面寫，一面問我，這個「魚家瓢蟲」，怎麼筆畫那麼多？我伸頭一看，原來是「鰥寡孤獨」！』

紫薇話未說完，乾隆和紀曉嵐都已放聲大笑。

車外，爾康爾泰和永琪騎馬走在一起。車內的歌聲笑聲，不斷傳出來。

『他們說說唱唱，高興得不得了！』永琪說。

『我真是心裡打鼓，上上下下，亂七八糟，不知道是該喜還是該愁？』爾康接口。

『你別煩了，當然是該喜，能夠笑成這樣，離我們的期望，是越來越近了！』爾泰高興得很。

爾康情不自禁的望向車裡，只見紫薇和小燕子手拉著手，神采飛揚。兩人正興高采烈的合唱

著一首歌：

『今日天氣好晴朗，處處好風光！

蝴蝶兒忙，蜜蜂兒忙，小鳥兒忙著，白雲也忙！

馬蹄踐得落花香！

眼前駱駝成群過，駝鈴響叮噹！

這也歌唱，那也歌唱，風兒也唱著，水也歌唱！

綠野茫茫天蒼蒼！』

歌聲中，金車寶馬，一行人向前迤邐而行。青山綠水，似乎都被紫薇和小燕子唱活了。乾隆的臉，洋溢著歡樂。爾康、永琪和爾泰，也放下重重心事，享受起這種喜悅來。連福倫、傅恒、鄂敏這一干武將，也都綻出了笑意。

這天，走在半路上，乾隆一時興起，要去爬山。那座山也不知道叫什麼名字，鬱鬱蒼蒼，都

是參天古木。大家從山路走下來，山下，是一條蜿蜒的小溪，岸邊，綠草如茵。周圍的風景，居然美得不得了。乾隆站在水邊，流連忘返。忽然說：

『走了這麼大半天，現在餓了！不知道那兒可以弄點東西來吃吃？』

『現在嗎？』爾康一怔。『好像一路走過來，都沒看到村莊，想吃東西，只好趕快上車，我們向前趕趕路，應該離白河莊不遠了！』

『可是，這兒的風景真好！如果弄點酒菜來，我們大家，鋪一塊布在地上，就這樣席地而坐，以天爲廬，以地爲家，面對綠水青山，吃吃喝喝，豈不是太美妙了？』乾隆說，一點兒都沒有離開的意思。

『就這麼辦，爾康、爾泰！你們趕快去想想辦法，車上，我們帶了酒，拿到附近老百姓家裡去熱一熱，再找找看有什麼可吃的？』福倫急忙交代。

爾康和爾泰面面相覷。

紫薇就熱心的說：

『我剛剛看到附近有個農家，小燕子，我們兩個去吧，要找東西吃，恐怕男人不行！他們又不知道什麼好吃，什麼不好吃！什麼材料能做菜，什麼材料不能做菜！何況，我們如果要弄東西

吃，恐怕還要借鍋借碗，連油鹽醬醋，都不能缺少！』

『是是是！我們兩個是丫頭，諸位老爺就在這兒等一等，讓我們去碰碰運氣！』小燕子連忙點頭。

『去吧！可不許空手而回！我現在酒癮已經犯了！』紀曉嵐喊。

紀曉嵐此話一說，大家都紛紛叫餓。

『她們兩個去，不如我們五個一起去吧！』爾康說。

於是，五人結伴，嘻嘻哈哈而去。

沒多久，五個人回來了，大家手裡捧著鍋碗瓢盆，青菜雞鴨，居然滿載而歸。

一會兒，火已經生起來了。小燕子在地上挖了個大洞，在烤兩隻『叫化雞』，香氣四溢。大家聞到這股香味，人人精神一振，大家陪著乾隆，坐在溪邊，都是一臉的興高采烈。

另一邊，紫薇用石塊架了一個爐子，用借來的菜鍋，正熟練的炒著菜。爾康爾泰永琪都在一邊幫忙，生火搬柴，忙得不亦樂乎。爾康一面幫忙，一面低聲問紫薇：

『都是一些青菜，只怕皇上吃不慣，怎麼辦？』

『這可是無可奈何的事，能夠弄來的東西，都弄來了！』永琪說。

『沒關係，有雞有鴨，已經可以了！給皇上換換口味，也不錯！』紫薇笑笑。

乾隆和衆人，被香味引誘得垂涎欲滴。

『小燕子，可以吃了嗎？妳這是一道什麼菜？這麼香，害得我肚子裡的饞蟲都在大鬧五臟廟了！』乾隆問。

『嘻嘻！這個菜名不能講給老爺聽！』小燕子直笑。

『別賣關子，講！』乾隆好奇。

『這是「叫化雞」，原來是叫化子偷了雞，就這樣烤著吃！』小燕子說。

『這個名字實在不雅！妳弄什麼雞不好，怎麼弄個「叫化雞」給我吃呢？』乾隆楞了一下，雖然貴爲天子，還真有那麼一點忌諱。

紫薇就回頭笑著說：

『其實，那個叫化雞也有另外一個名字！只烤一隻叫做「叫化雞」，烤兩隻就不叫做「叫化雞」了！』

『哦？那叫什麼？』

『叫「在天願作比翼鳥」！』

『好好好！好一個「在天願作比翼鳥」！』乾隆一怔，大樂。

紀曉嵐也忍不住笑了，不禁驚看紫薇，心想，這個丫頭好聰明！說：

『居然有這麼美的菜名？好像讓人不忍心吃了！』

小燕子烤好了『叫化雞』，喊著：

『烤好了！烤好了！』

小燕子用石塊敲掉泥巴的殼。乾隆和大家好奇的看著，都是大開眼界。小燕子撕開了雞，遞給大家，乾隆也不考究了，跟著衆人，用手撕了雞，津津有味的吃著。

紫薇爲衆人斟酒，並端上小菜。

『哇！這個「在天願作比翼鳥」確實好吃！』乾隆讚不絕口：『紫薇，妳炒的這個紅梗子綠葉是個什麼菜？顏色挺好看！』

『這個菜名字叫「紅嘴綠鸚哥」！』紫薇笑著說。

『好名字！好名字！又好吃，又好聽！好一個「紅嘴綠鸚哥」！』紀曉嵐歡呼。

鄂敏伸頭一看：

『什麼「紅嘴綠鸚哥」，就是菠菜而已！』

『鄂先生，在這青山綠水中吃飯，必須詩意一點！紫薇說這是「紅嘴綠鸚哥」，這一定就是「紅嘴綠鸚哥」！』永琪說。

『是呀！是呀！你們這些帶兵的人，就是太沒有想像力！』乾隆大笑。

『美味呀美味！』傅恒附和著乾隆：『從來沒吃過這麼好吃的東西！又是「比翼鳥」，又是「鸚哥」，今天，咱們還是跟天上飛的東西有緣！』

『只要你們不吃紅燒小燕子，清蒸小燕子，別的飛禽走獸，我也顧不得了！』小燕子好脾氣的笑。

『又好吃，又好聽，又好玩，又好看！人家吃東西，只有色香味，現在，還加了一個「聽」！我這次跟老爺出來，真是有福了！』太醫也起鬨。

『是啊，這個紫薇丫頭，真是「蕙質蘭心」！』紀曉嵐由衷的稱讚。

『紀師傅，那我呢我呢？』小燕子邀寵的問。

『妳呀？妳是「有口無心」！』乾隆搶著說。

『老爺，你是「有點偏心」！』小燕子衝口而出。

眾人大笑。

『小燕子有進步了！』紀曉嵐說。

這時，紫薇上菜。一盤炒青菜。

『老爺，我們臨時做菜，這鄉下地方，只能隨便吃吃，這道菜味道普通，名字不錯！叫「燕草如碧絲」！』

眾人不禁哈哈大笑，乾隆笑得尤其高興。

紫薇又上了一盤炒青菜。

『這是「秦桑低綠枝」！』

紫薇又上菜，還是炒青菜，上面覆蓋豆腐。

『這是「漠漠水田飛白鷺」！』

紫薇再上菜，還是炒青菜，上面覆蓋炒蛋。

『這是「陰陰夏木囀黃鸝」！』

乾隆大樂，一群人笑得東倒西歪。

好不容易，來了一個葷菜，是烤鴨子。

『這是什麼？』乾隆問。

『這是「鳳凰台上鳳凰遊」！』

乾隆大笑。所有的人，都跟著笑得嘻嘻哈哈。

終於，一餐飯在吃吃笑笑中結束，杯盤狼藉。大家酒足飯飽。乾隆有意跟紫薇開玩笑，指著「叫化雞」的泥殼問道：

『這是什麼？』

『這是……「黃鶴一去不復返」！』

乾隆撫著吃飽的肚子，笑得合不攏嘴。

『黃鶴一去不復返？哈哈！太有意思了！真的是「一去不復返」了！哈哈！』

紀曉嵐想難紫薇一下，指著已經吃得只剩骨頭的鴨子問道：

『這又是什麼？』

紫薇看看鴨子骨頭，再看看前面的小溪。

『這是「鳳去台空江自流」！』

乾隆跳起身子，大笑道：

『紫薇丫頭！我服了妳了！』

眾人跟著跳起身，跟著大笑不已。

爾康、爾泰、永琪驚喜的互視。爾康尤其振奮，看著紫薇，對這樣的紫薇，真是又敬又愛，折服不已。

這天，大家來到一個古樸的小鎮。

乾隆帶著眾人，在古樸的街道上走著，不住的左顧右盼。

忽然，有眾多群眾，衝開眾人，興沖沖的往前奔跑。七嘴八舌的喊：

『快去啊！快去啊！晚了，就佔不到位子了……』

爾康急忙拉住一個路人，問：

『請問，是不是發生什麼事情了？爲什麼這麼鬧哄哄的？』

『你們一定是外地來的，對吧？難怪不知道，今兒個，杜家的千金，就是咱們這城裡的第一大美人，要拋繡球招親呀！現在，全城都去湊熱鬧了！』

小燕子一聽，興奮莫名，拉著紫薇，就往前跑。

『快呀！快呀！我們也看熱鬧去！拋繡球招親，我從來就沒遇到過！』

『妳別說走就走，也問問老爺，要不要去呀？』

『嗯，拋繡球招親，這玩意我也沒看過！大家看熱鬧去！』乾隆興致高昂。

於是，大家都跑到那杜家的繡樓前面，來看拋繡球。

那繡樓前，早已萬頭鑽動，熱鬧非凡。乾隆帶著眾人，也擠進人群中。爾康、爾泰、福倫、永琪、鄂敏、傅恒幫忙開路，保護著乾隆。小燕子埋著頭，一直往前擠。好不容易，大家佔了一個很好的位置，可以把繡樓看得清清楚楚。

小燕子一到這種場合，就比誰都興奮。回頭對永琪嘻嘻一笑，說：

『少爺，聽說這位小姐是個大美人，你們這些公子，可不要錯過機會，等會兒那個小姐拋繡球的時候，你表現好一點，只要跳起來這麼一接，我想，是很容易的事，如果你接不住，我可以幫你！』

『妳可別胡鬧，這是不能開玩笑的事！那個繡球，妳離它遠遠的，聽到沒有？』永琪知道小燕子没輕没重，急忙嚴重警告。

『可是，機會難逢啊，除了爾康以外，你和爾泰，都可以搶！只要那個小姐真正漂亮，我就幫你們作主！』

永琪和爾泰，彼此互看，都有一些憂心忡忡。

『我看，這是個是非之地，少爺，我們是不是退席比較好？』爾泰問永琪。

乾隆偏偏聽到了這篇對白，笑看小燕子，話中有話的問：

『小燕子，爲什麼爾康不能搶繡球？妳給我解釋一下！』

『因爲……』小燕子一楞：『因爲……爾康他……他心裡……』

紫薇著急，狠狠的踩了小燕子一下。

爾康著急，又狠狠的撞了小燕子一下。

『哎喲！哎喲……』小燕子又抱腳又抱手。

乾隆正訝異間，人群一陣騷動，大家又叫又吼，原來小姐出來了。大家喊著：

『看呀！看呀！大美人出來啦！』

『好美呀！不知道今天誰有這個福氣，搶到那個繡球！』

『杜家已經把禮堂都佈置好了，只要有人搶到繡球，馬上就拜堂成親！』

爾康忍不住插嘴問：

『這不是太冒險了嗎？』

『可是這位小姐，今年已經二十二了，就因為長得太漂亮，這個求親也不願意，那個也不願意，杜老爺知道不能再耽擱了，這才用了這個法子，把這頭親事，交給老天爺去決定了！』

在議論紛紛中，那位杜家小姐，已經盈盈然的走到陽台上，兩個丫頭攙扶著，小姐紅衣，丫頭綠衣，非常搶眼。乾隆和衆人定睛一看，那位小姐果然有沉魚落雁之容，閉月羞花之貌。

觀衆歡呼之聲雷動。紛紛跳起身子大喊，要引起杜小姐的注意。

『杜姑娘！杜小姐！杜美人！杜千金……記得把繡球拋到這邊來呀！』

紫薇驚嘆，說：

『真的好漂亮！』

『不及某人！』爾康接口。

『對！不及某人！』永琪也接口。

『對！不及某人！』爾泰也點頭。

乾隆和福倫，都不由自主的看了三人一眼。

這時，有個衣服破舊，面容清瘦的少年，愁眉苦臉的在人群中乞討：

『各位大爺，請賞一口飯吃！我家有臥病老母，和八十歲祖父，已經山窮水盡，走投無路！

大家行行好，我齊志高感謝各位了！』

小燕子看著這少年，不禁想起自己以往的事，和紫薇對看一眼，雙雙解囊。那少年大喜，對小燕子和紫薇拚命作揖：

『謝謝兩位姑娘！謝謝兩位姑娘……』

陽台上一陣鑼響，眾人震動。大家安靜下來。

杜老爺拿了綵球出來。朗聲對眾人說：

『各位鄉親，各位近鄰，各位朋友……今天，我家小女杜若蘭，定了拋繡球招親！只要是沒有結婚的單身男子，年齡在二十五歲以下，十八歲以上，無論是誰，搶到繡球，立刻成婚！如果拿到繡球的人，家裡已有妻室，或者年齡不對，小女就要再拋一次！請已有妻室的人，年齡不合的人，不要冒昧搶球！現在，我們就開始了！』

群眾立刻大大的騷動起來。有意搶球的男子，全都跳起身子，大吼大叫：

『丟給我！丟給我！這邊！這邊！杜小姐……請看這邊……請看這邊……』

大家都往前擠，群情激動。

杜小姐拿起了綵球。底下人群更是尖叫不止，個個跳起身子，躍躍欲試。

杜小姐幾番遲疑，終於把眼睛一閉，綵球飛出。

綵球飄飄而來，落向小燕子附近。一群男士，急忙伸手去搶。

小燕子實在按捺不住，竟然跳起身子，將綵球一撥。綵球就直飛到永琪頭上，永琪大驚，只得伸手又一撥。這次綵球飛向爾康，爾康也大驚，再一撥。綵球又飛往小燕子，小燕子玩心大起，再把它撥給永琪。永琪看到綵球又飛到自己面前來，生氣了，再把綵球再撥給小燕子。小燕子撥還給永琪，永琪又撥還給小燕子……兩人就把那個綵球撥來撥去。

綵球被這樣撥來撥去，始終未曾落定，群衆大嘩，驚叫不斷。乾隆忍不住喊：

『小燕子，妳在做什麼？』

乾隆一喊，小燕子一個分心，綵球就撥歪了，竟飄向乞討少年，少年愕然間，被球擊個正著。

那少年完全出於本能，將綵球一抱，驚得跌倒在地。

群衆全都圍了過來，驚愕的看著少年，少年自己，也驚得目瞪口呆。小燕子本來對這個少年就有好感，這時，高興的大叫起來：

『綵球打中了這個……這個……』問少年：『你說你叫什麼名字？』

『齊志高！』

『新郎是齊志高！』小燕子高叫著：『新郎是齊志高！』

爾康爾泰急忙從地上扶起少年。

這時，杜老爺已經帶著家丁們趕到。一見綵球竟被一個衣衫襤褸的乞兒抱著，大驚失色，立刻反悔。說：

『這次不算，要再拋一次！』

小燕子路見不平，拔刀相助，身子一挺：

『爲什麼不算？你不是親口說的，只要家裡沒有老婆，年齡相合，就是新郎！』問少年：『你家裡有老婆了嗎？你幾歲？』

少年連連搖頭，吶吶的說道：

『我没有娶妻，今年二十！可是……人家嫌棄我，也就算了！』連忙把綵球還給杜老爺，彬彬有禮的說：『貧門子弟，衣食無著，還說什麼娶親？綵球奉還，不敢高攀！』

杜老爺拿著綵球就要走，小燕子大怒，一攔。大聲喊：

『那有說話不算話的？人家年齡也對，又没娶親，完全符合你的規定，你怎麼不認帳？你一

個女兒，要拋幾次繡球？許幾次人家？』

杜老爺生氣。大吼：

『妳是那裡跑來攪局的小丫頭，妳管我？』

小燕子兇了回去：

『我就管你！你看不起人，拋了繡球又不算，簡直犯了……犯了……』看乾隆，大喊：『犯了欺君大罪！』

杜老爺氣得結巴了：

『什麼……什麼欺君大罪？那裡……那裡有「君」？我愛拋幾次繡球，就拋幾次繡球！』

大家劍拔弩張，吵得不可收拾。乾隆按捺不住，往前一邁，聲如洪鐘的一吼：

『不許吵！聽我說一句話！』

大家靜了下來，傅恒、福倫、鄂敏、爾康、爾泰、永琪……等人，就很有默契的擋住了杜老爺的去路。

乾隆問少年：

『齊志高，我聽你說話不俗，你唸過書嗎？』

『從小唸書，可是，百無一用是書生啊！』

『誰說？可曾參加考試？』

『中過鄉試，然後就屢戰屢敗了！』

『年紀這麼輕，前途大有可爲！不要輕易放棄了！』就回頭看杜老爺，鄭重的說：『我今天路過這兒，碰到這件大事，閒事管定了！杜先生，你不要嫌貧愛富，我看這位齊志高，將來一定會飛黃騰達！老天已經幫你選了女婿，你就認了吧！福倫，把我的賀禮送上！』

福倫走上前去，心裡琢磨了一下，就拿出兩個金元寶，交給齊志高。

『這是我們老爺給你的！結婚之後，記得繼續去參加考試！』

圍觀群衆，一看到福倫出手如此之大，不禁大嘩。少年和杜老爺，都目瞪口呆。杜老爺呆了半晌，才回過神來，仔細看乾隆，問道：

『這位先生，怎麼稱呼？』

『我姓艾。』

『艾先生，請進去奉茶！』杜老爺恭敬的說。

『我還要趕路，不坐了！既然遇到你家辦喜事，算是有緣！你是不是已經決定把女兒嫁給這

個齊志高了？』

杜老爺面有難色。

『這個……』

乾隆回頭喊：

『紀師傅！有沒有帶紙筆？』

紀曉嵐捧著紙筆走了過來。一笑：

『已經猜到老爺要用紙筆，帶是沒帶，剛剛從杜家借了一份來！但是，這兒沒桌子，怎麼寫字？』

『在我背上寫！』

爾康躬起背給乾隆鋪紙，乾隆提筆，一揮而就，寫了『天作之合』四個大字。然後，從懷中掏出一個小印，蓋了上去。

乾隆把字交給杜老爺，並俯身在他耳邊耳語了兩句話。

杜老爺這一驚，真是非同小可。拿著紙，雙手發抖，眼睛直直的看著乾隆。

乾隆就揮手對福倫等人說：

『我們不是還要趕路嗎?熱鬧看完了，大家走吧！』

乾隆就帶著小燕子等人，全部撤走。

杜老爺雙腿一軟，又喜又驚的跪落地，在乾隆身後，崩咚一聲，磕了一個頭。

少年見杜老爺磕頭，也跪下，糊裡糊塗的對乾隆等人磕頭不止。

乾隆走遠，杜老爺才起身，看著乾隆等人的背影，好像作夢一樣。等到乾隆等人走遠了，他才低頭看手中的題詞，和那個『乾隆御印』的小印。驀然間，喜不自勝。回頭一把握住少年的手，幾乎涕泗交流了。

『賢婿啊!你這個面子可大了!原來你是老天爺賜給我的貴人啊!你一定會飛黃騰達的!一定會!趕快進去拜天地吧!』

少年愕然，更加糊塗了。杜老爺抬頭對群衆喜悦的大喊:

『各位鄉親，我們家馬上辦喜事，請各位全體來喝一杯喜酒!』

群衆歡呼，掌聲雷動。

這天晚上，大家投宿在客棧裡。

小燕子到井邊去打水，才走進院子，就被人一把拉住，拖進了一個亭子裡。小燕子定睛一看，是永琪。

『小燕子，我問妳，妳今天把那個綵球一直往我面前撥，到底是什麼意思？』永琪氣呼呼，臉色非常不好。

『我是好意啊！你還不領情？那麼漂亮的小姐，娶回去多好！』小燕子說。

『妳知不知道我的婚姻，是要阿瑪來指定的？』

『那又怎樣？如果你被繡球打中了，阿瑪也不能不承認！了不起，阿瑪指的是正室，這個小姐給你作個二房也不錯！等到那個杜老爺知道你的真實身份之後，就算要她作第三第四，恐怕他都巴不得呢！』

永琪氣得臉紅脖子粗，緊緊的盯著小燕子，從齒縫中迸出幾句：

『妳就這麼熱心，要幫我拉紅線啊？妳有沒有想過，我心裡可能有人了？』

小燕子大驚，睜大眼睛：

『有人？有誰？那家的小姐？比這個杜家的小姐還漂亮嗎？』

『是！最起碼，我認爲是！』

『反正我不認識，我不知道！你怎麼不告訴我呢？』

『妳認識她！』永琪抽了一口氣。

『我認識？』小燕子驚呼：『是誰？』

『遠在天邊，近在眼前！』

小燕子立刻大驚失色。張口結舌，瞪著永琪，拚命搖頭，說：

『不行不行！你不可以這樣！你明知道紫薇心裡已經有人了，你不能再蹚這個混水！人家爾康和你像把兄弟一樣，就算你是阿哥，也不能搶人家的心上人，那樣就太沒風度了！』

永琪見小燕子如此不解風情，心中著實有氣，恨恨的說：

『妳氣死我了！』

小燕子怔住，眼睛睜得大大的。說：

『只好氣死你！這個忙，我一定不幫！你找我也沒用！』

永琪嘆氣，搖了搖小燕子，說：

『怎麼可能是紫薇呢？妳有沒有大腦？我明知道紫薇是我的妹妹啊，我對她只可能有兄妹之情，不可能有其他感情呀！妳不要胡說八道了！』

小燕子呆了呆：

『對呀！那麼……不是紫薇？』

『當然不是紫薇！』

『那……』小燕子尋思：『難道是金瑣？』

永琪氣得又摔袖子，又頓足。再也憋不住了，終於一口氣說了出來：

『不是紫薇，不是金瑣，不是明月，也不是彩霞！是那個一天到晚和她們在一起的人！是那個被我一箭射到，從此就讓我牽腸掛肚的人！是那個不解風情，拚命幫我拉紅線的人！現在，妳懂了沒有？難道，這麼久的日子以來，妳一點感覺都沒有嗎？』

小燕子這一下明白了，驚得連退了兩步，臉色由紅轉白，又由白轉紅。

『可是……可是……』她張口結舌：『爲什麼？你把我弄糊塗了！你說的是我嗎？』

『妳認爲我除了妳，還用箭射到過多少隻小燕子？』永琪氣極的問。

小燕子退後，一屁股坐在凳子上，手肘撐在石桌上，托著下巴，發起呆來。永琪看到她這種樣子，實在洩氣，實在失望，說：

『原來……我一直在自作多情？妳從來没有想過我？是不是？』

小燕子眨巴著大眼睛，看著他。

『可是……你是我的哥哥啊！』

『是嗎？真的是嗎？那麼紫薇是什麼呢？我那裡跑來這麼多妹妹？』

小燕子突然顯得扭捏和羞澀起來，可憐兮兮的問：

『可以……算是「不是」嗎？』

『本來就不是呀！』

『可我……可我……從來不敢這樣想……』小燕子結結巴巴。

『如果可以這樣想呢？』永琪興奮起來。

『我不知道，我真的不知道……』小燕子眼睛閃亮如秋水，如寒星，神情迷惘如夢。『我要好好的想一想，我現在好糊塗，好混亂……』

小燕子這種神情，這種眼光，讓永琪心動得快發瘋了。他就一步上前，抓住她的雙臂，把她從凳子上拉了起來，搖著她，熱烈的，請求的說：

『從今天起，答應我好好的想一想，用另外一個身份和角度來想！紫薇可以對爾康怎樣，妳就可以對我怎樣，雖然未來的事還得努力，我們自己總該認清自己！等妳和紫薇各歸各位，妳就

不是現在的身份了！妳這個身份是假的！而我的感情是真的！』

小燕子盯著永琪，心裡還是迷迷糊糊的，驚愕困惑的。只是，永琪這種語氣，這種神情，卻讓她深深感動了。

這天晚上，小燕子破天荒第一次，竟然失眠了。整個晚上，她又搥床，又嘆氣，嘴裡喃喃自語，不知所云，攪和得紫薇也睡不著。紫薇對永琪的心事，早已體會，現在，看到小燕子的神情，就猜到兩人已經攤牌了。

『妳坦白告訴我，』她抓住小燕子：『那個「少爺」對妳說了什麼？妳是不是動心了？我有點糊塗，一直以爲，妳像個男孩子一樣，和所有的人都是「兄弟」，難道，妳也動心了？那個「少爺」，不是妳的「兄弟」了？』

『我跟妳說實話，在今晚以前，我真的把他看成「兄弟」！』小燕子坦白的說。

『今晚以後呢？』紫薇立即追問。

小燕子臉紅紅的，眼睛水汪汪的，一股迷糊狀，說：

『現在，我就是皇阿瑪講的那句話：「化力氣爲漿糊」了！我想也想不清楚，滿腦子漿糊，

給五阿哥搞得昏頭昏腦！』她又搥床，又嘆氣。尋思，回想，神情如醉：『我真的不明白，他怎麼會喜歡我呢？我什麼都不會，連字都不認識幾個，每次都要他來給我解圍，詩詞歌賦，一樣都不會！他見過那麼多有水準的女人，他的武功那麼好，他的書也唸得那麼好，怎麼會喜歡我呢？他一定是犯糊塗，胡說八道啦！不能認真的！我才不要去相信他！』

紫薇見小燕子這種神情，心中了然，一喜。

『哈！小妮子春心動矣！終於開竅了！』

小燕子再搥床：

『什麼動不動？我才不要心動，心動好麻煩！我親眼看到妳和爾康，擔心這個，擔心那個，一下子高興得要死，一下子又愁得要命，瘋瘋癲癲的，我才不要像你們這樣！』忽然盯著紫薇，小小聲的問：『妳說，五阿哥會不會拿我開玩笑？他真的會喜歡我嗎？不是犯糊塗嗎？』

紫薇看著小燕子出神，半晌不語。

『妳發什麼呆？妳說話啊！』

『現在，我才恍然大悟，爲什麼五阿哥跟爾康一樣熱心，要讓我們兩個各歸各位！原來，這個「兄妹」關係，是他的大問題！想來，他一定經過一番痛苦和掙扎，妳還說他是犯糊塗！碰到

妳，是他倒楣，倒是真的！妳害死他了，這些日子來，他為妳操的心，絕對不會少於爾康！但是，爾康比他還幸福一點，因為我有回報。妳呢？卻在那兒給他「亂拋繡球」！怪不得他今天氣得臉色發白！』

小燕子睜大眼睛看了紫薇好一會兒，坐起身子來，又『砰』的倒回床上去。

『我就說，不能心動嘛！被妳這樣一說，好像我很對不起他似的，我「已經」覺得自己欠了他了，煩死了！怎麼辦嘛？』

小燕子一臉的煩惱，卻又一臉的陶醉。

紫薇看在眼裡，會心的笑了。

『天啊！』她低低的說：『我們這麼複雜的局面，這麼複雜的故事，等到真相大白的那一天，不知道皇上會不會被我們嚇得暈過去？』

21

這天，大隊人馬，走進了一條山路。天氣忽然陰暗下來，接著，雷聲大作，大雨傾盆而下。

乾隆的馬車，陷進泥淖，馬兒拚命拖車，車子卻動彈不得。

衆人圍著車子，無可奈何。

爾康掀起門帘，對裡面喊：

『老爺，恐怕你們要下車，讓我們把車子推出來！』

乾隆、紫薇、小燕子都下車。

福倫和紀曉嵐連忙用傘遮住乾隆。

雨點唏哩嘩啦的下著。乾隆放眼一看，四周沒有躲雨的地方。紫薇和小燕子，幾乎立刻淋濕了，就問福倫：

『還有傘嗎？』

『這真是一個大疏忽，就帶了兩把傘！』福倫歉然的說。

乾隆一聽，就大喊：

『紫薇，小燕子，妳們兩個過來！到傘底下來，不要淋濕了！』

『我沒有關係，我去幫他們推車！』小燕子嚷著。

永琪、爾康、爾泰、鄂敏都淋得透濕，在奮力推車，傅恒和太醫在前面控馬，大家都狼狽極了。小燕子奔來，加入大家推車。嘴裡吆喝著：

『來！一、二、三！用力！』

永琪看到小燕子渾身是水，心痛，喊：

『妳不要來湊熱鬧了！去傘底下躲一躲！』

『我才不要，我要幫忙！來！大家用力！』

『一、二、三！起來！』大家大叫。

車子仍然不動。

雷電交加，馬兒受驚，不肯出力了。一個雷響，馬兒就昂頭狂嘶不已。

紫薇站在乾隆身邊，已經渾身是水。乾隆手裡的傘，一直去遮紫薇，自己竟然浴在大雨中。他心痛的說：

『妳過來，女兒家，身子單薄，不比男人，淋點雨沒有關係！過來！過來！』

紫薇看到乾隆給她遮雨，自己淋濕，又驚又喜。忙接過乾隆手裡的傘，完全罩著乾隆，喊著說：

『老爺，你不要管我了，反正我已經濕透了！你是萬乘之尊，絕對不能有絲毫閃失，你別淋到雨，就是您對我的仁慈了！』

紀曉嵐和福倫，見到乾隆如此，急忙用另一把傘遮著紫薇，讓自己浴在大雨裡。

『老爺，你別管紫薇丫頭了，我來照顧她！』紀曉嵐說。

『是呀，是呀，我們來照顧她！』福倫接口。

紫薇見福倫淋雨，大驚。那敢讓福倫和紀曉嵐來給自己遮雨。手裡的傘，又去遮福倫和紀曉嵐。

『拜託兩位大人，不要折我的壽，好不好？我是丫頭呀！』

大家遮來遮去，結果是人人濕透。

紫薇見乾隆執意遮著自己，一急，就把傘往乾隆手裡一塞，喊著說：

『我幫他們去！』

乾隆急喊：

『紫薇！紫薇！』

紫薇已經跑到馬車前面去了。

紫薇沒有加入推車的行列，卻奔到馬兒身旁，對傅恒笑著說：

『這馬兒不肯出力，讓我來開導開導牠！』就對著馬耳朵，不知道說了些什麼，說完一匹，又去跟另一匹咬耳朵。

傅恒和太醫，驚奇的看著紫薇。

乾隆、福倫、和紀曉嵐也驚奇的看著紫薇。

說也奇怪，紫薇這樣一說，有匹馬兒一聲長嘶，竟然奮力躍起。

『駕！駕！駕！』傅恒等人急忙喊。

車輪，終於離開泥淖。車子起動了。

這天晚上，乾隆發燒了。幸好太醫隨行，立刻診治，安慰大家說：

『只是受了涼，没有大礙，大家不必擔心！還好從家裡帶了袪寒的藥，我這就拿到廚房去煎，馬上服下，發了汗，退了燒，就没事了！』

乾隆裹著一床毯子，坐在一張躺椅中，雖然發燒，心情和精神都很好。

『我看，你乾脆叫廚房裡熬一大鍋薑湯，讓每個人都喝一碗，免得再有人受涼！尤其兩個丫頭，不要疏忽了！』乾隆叮囑太醫。

『是！我這就去！』太醫說，急急的走了。

永琪關心的看著乾隆：

『阿瑪，你還有那兒不舒服，一定要說，不要忍著！』

『是啊！是啊！好在太醫跟了來，藥材也都帶了！』福倫說。

乾隆抬眼，看到大家圍繞著自己，就揮揮手說：

『你們不要小題大作，身子是我自己的，我心裡有數，什麼事情都没有！你們下去吧！該做

什麼事，就做什麼事，別都杵在這兒！讓……紫薇和小燕子陪我說說話，就好了！大家都去吧！』

『如果你要叫人，我和爾泰就在隔壁！』爾康說。

『這一層樓，我們都包了，有任何需要，儘管叫我們！』傅恒說。

『去吧！去吧！別把我當成老弱殘兵，那我可受不了！別囉嗦了！』乾隆說。

紀曉嵐便非常善體人意的說：

『紫薇丫頭，妳好好侍候著！』

『是！你們大家放心！』

爾康聽紀曉嵐那句話，直覺有點刺耳，不禁深深的看了紫薇一眼。

紫薇全心都在乾隆身上，根本渾然不覺。

衆人都躬身行禮，退出房間。房裡，剩下乾隆、紫薇、和小燕子。紫薇就走到水盆前，絞了帕子，拿過來壓在乾隆額上。

『把額頭冰一冰，會舒服一點！』

小燕子端了茶過來，拚命吹氣，吹涼了，送到乾隆唇邊去。

『還好，紫薇想得周到，帶了您最愛喝的茶葉!來，您喝喝看，會不會太燙？』

乾隆接過茶，啜了一口。紫薇又拿了一個靠墊過來，扶起乾隆的身子，說：

『我給您腰上墊個靠墊，起來一下！』

乾隆讓紫薇墊了靠墊。小燕子又端了一盤水果過來。

『您愛吃梨，這個蜜梨好甜，我來削！』

『我來！我來！』紫薇搶著說。

『那……我來換帕子！』小燕子就去換乾隆額上的帕子。

乾隆左看右看，一對花一般的姑娘，誠誠懇懇的侍候著自己，繞在他身邊，跑來跑去，嘴裡你一句，我一句，有問有答的。他竟有一種不真實的幸福感。他凝視二人，越看越迷糊，越看越困惑。

『妳們兩個，到底是從那兒來的？』他忽然問。

小燕子和紫薇雙雙一怔。

『老爺，您這句話是什麼意思？』小燕子有點驚惶。

紫薇停止削梨，盈盈大眼，驚疑的看著乾隆。

『不要怕！』乾隆溫柔極了。『我沒有別的意思，我只是很感謝上蒼，把妳們兩個，賜給了我！我覺得好幸福，好溫馨。這種感覺，是我一生都沒有感覺過的！我真的非常非常珍惜！』

紫薇和小燕子，雙雙震動著。

藥熬好了。小燕子和紫薇，就端著藥碗，要餵乾隆吃藥，一個拚命吹，一個拿著湯匙餵。乾隆看這兩個丫頭，把自己當成小孩一樣，不禁失笑，伸手去拿碗，說：

『妳們不要把我當成害了重病，好不好？我自己來！』

紫薇微笑，吹氣如蘭：

『老爺，有事丫頭服其勞！您就讓我們侍候侍候吧！您有幸福的感覺，我們也有啊！何不讓這種感覺多延續一下？』

乾隆眩惑了，看著紫薇，默然不語。便由著她們兩個，餵湯餵藥。

沒多久，乾隆迷迷糊糊的睡著了。

夜色已深，小燕子早就支持不住，靠在一張椅子裡，也睡著了。

只有紫薇，仍然清醒得很。看著熟睡的乾隆，她思潮起伏，激動不已。這是她的親爹啊！是她夢寐以求的情景啊！這個『爹』，離她那麼近，對她那麼好，她卻不能喊一聲爹！她凝視乾

隆，把乾隆的被拉拉嚴，伸手撫摸乾隆的額，發現乾隆在出汗，就掏出手帕，細心的拭去乾隆額上的汗珠。

乾隆在作夢。夢裡，雨荷對他緩緩走來，大眼中盈盈含淚。夢裡，雨荷在說：

『請不要走，我不捨得你走！我很怕今日一別，後會無期啊！』

乾隆不安的蠕動著身子，紫薇忙碌的手，不住拭去他額上的汗，不住換帕子。

夢裡的乾隆，看著夢裡的雨荷。雨荷在說：

『我不敢要求你的愛，是天長地久，我只能告訴你，我的愛，是永遠永遠不會終止的！就怕皇上的愛，只是蜻蜓點水，而我，變成一生的等待！』

乾隆囈語，模糊不清。

紫薇有點著急，雙手更加忙碌的爲他拭汗，爲他冷敷。

乾隆仍然在作夢，夢裡的雨荷在說：

『記住幾句話：「君當如磐石，妾當如蒲草，蒲草韌如絲，磐石無轉移！」』

夢中的雨荷幽幽怨怨，轉身而去。乾隆驚喊而醒：

『雨荷！雨荷！』

乾隆陡然坐起身子，接觸到紫薇驚怔的雙眸。迷糊中，紫薇和雨荷，疊而爲一。

乾隆一伸手，緊緊握住了紫薇正爲他拭汗的手。

兩人瞠然對視，紫薇聽到乾隆喊著母親的名字，陷入極大的震撼中。乾隆驚見紫薇殷勤照顧，疑夢疑真。

『我作夢了，是不是？』乾隆怔忡的問。

紫薇點點頭，顫聲的答：

『您在叫「雨荷」！』

乾隆一瞬也不瞬的凝視紫薇。

『妳也知道雨荷？』

『是！知道雨荷的每一件事！知道老爺的詩！』就輕輕的唸：『雨後荷花承恩露，滿城春色映朝陽，大明湖上風光好，泰岳峰高聖澤長。』唸完，心中激動，口中難言，一滴淚就滑落面頰，滴在乾隆手背上。

這滴眼淚震動了乾隆，他整個人一跳，看著紫薇的眼神，更加深邃了。

『妳怎麼會知道這首詩？』轉念一想，明白了：『哦，是小燕子告訴妳的！』

紫薇低頭不語。

乾隆再看了她好一會兒。沈吟而困惑的：

『好奇怪，總覺得跟妳很熟悉似的，好像老早就認識，中國自古就有成語「似曾相識」，想必，這是人與人之間，常有的一種感覺吧！』就柔聲說：『紫薇，我從來沒有問過妳，妳家鄉在那兒？』

『我和小燕子是同鄉，家在濟南大明湖邊。』紫薇清晰的回答。

『妳和她是同鄉？難道妳見過雨荷？』乾隆驚愕。

『是！她是我的乾娘！』

乾隆大驚，愕然半晌。

『我不懂。難道，妳和小燕子認識已久？』

『我和小燕子是緣份，是知己，是姐妹！大概從上輩子開始，就已經認識了！』

乾隆驚看紫薇，一肚子疑惑，卻不知那兒不對勁。正要再仔細盤問，熟睡的小燕子忽然從椅子上滾落地。嘴裡在說夢話：

『小賊！看你往那裡跑？你給我滾回來……』這一摔，就摔醒了，坐在地上發楞。『我在那

裡？』

紫薇急忙奔過去，把她扶起來。

『怎麼回事？睡著了還會滾到地上來？作夢都在跟人打架嗎？』

小燕子看到乾隆，這才一個驚跳，站起身。跑到乾隆面前問：

『老爺，你好一點沒有？我怎麼睡著了呢？』就伸手摸摸乾隆的前額，喜悅的喊：『你不燒了！』

紫薇那幾乎要脫口而出的祕密，就這樣被打斷了。紫薇看著乾隆，笑著說：

『老爺，你到床上好好的躺一躺吧！燒已經完全退了，也不出汗了，我想，再休息兩天，就可以上路了！』

乾隆看著面前的一對璧人，神思恍惚。小燕子伸手去扶乾隆：

『我們扶你到床上去！』

乾隆起身，小燕子和紫薇，一邊一個扶著他。

『妳們把我當成什麼了？』乾隆問。

『把你當成「爹」啊！』小燕子答。

紫薇就看著乾隆，大膽接口：

『是啊！我知道没有資格，但是，我好想跟小燕子說同樣一句話！』

乾隆一震，看紫薇。紫薇眼中，閃耀著渴盼和千言萬語，這樣的眼光，使乾隆整個人都怔住了。更加迷糊起來。

乾隆休息了兩天，身體就康復了。車車馬馬，大家又上了路。

這天，大家到了一個村莊，正好趕上『趕集』的日子，廣場上，熱鬧得不得了。各種日用商品、布匹、牲口、雜貨應有盡有，小販們此起彼落的叫賣著。各種小吃攤子，賣糖葫蘆的、捏麵人的、賣餛飩的、賣煎餅的……也應有盡有。

乾隆等一行人走了過來。乾隆看到國泰民安，大家有的賣，有的買，熱鬧非凡，心裡覺得頗爲安慰。東看看，西看看，什麼都好奇。

忽然，大家看到一個年約十七、八歲，長得相當標緻，渾身縞素的姑娘，跪在一張白紙前。許多群衆，圍在前面觀看。小燕子和紫薇，已經擠了進去。

紫薇看著那張紙，紙上寫著：『賣身葬父』。紫薇不禁唸著內容：

『小女子採蓮，要赴京尋親，經過此地，不料老父病重，所有盤纏，全部用盡，老父仍然撒手西去。採蓮舉目無親，身無分文，只得賣身葬父。如有仁人君子，慷慨解囊，安葬老父。採蓮願終身爲奴，以爲報答。』

小燕子站在採蓮前面，看著那張狀子，拉了拉紫薇，悄悄低問：

『這個畫面，有沒有一點熟悉？妳看那個採蓮，會不會是個騙子？』

紫薇也低聲說：

『如果是，妳要怎樣？如果不是，妳又怎樣？』

小燕子嘻嘻一笑，低聲說：

『如果是真的「賣身葬父」，我當然要給錢呀，總不能讓她把自己賣了。如果是假的，我當然更得給錢了，因爲是「同行」嘛！』

兩人正低聲議論，忽然一陣喧囂，來了幾個面目猙獰，服裝不整的惡霸。其中一個，長得又粗又壯，滿臉橫肉，滿嘴酒氣，一竄就竄到採蓮面前，伸手一把拉起了她。大吼著說：

『賣什麼身？老子昨兒個就給了妳錢，已經把妳買了！妳是我的人了，怎麼還跑到這兒來賣身？跟我走！』

採蓮死命抵擋，哀聲大叫：

『不是不是！我沒有拿你的錢！我一毛錢也沒有拿，我爹還躺在廟裡，沒有下葬呀！我不跟你去，我不是你的人，我寧願死，也不要賣給你……我不要……』

『混蛋！』那惡霸『啪』的一聲，就給了採蓮一個耳光：

『妳不賣給我，我也買定了妳！』

其他惡霸，就喊聲震天的嚷著：

『是啊！是啊！我們都看見的，妳收了張家少爺的錢，還想賴！把她拖走，別跟她客氣……』

小燕子怎麼受得了這個，身子一竄，飛身出去了。

『呔！放下那位姑娘！』

那惡霸出口就罵：

『放妳娘的狗臭屁！』

惡霸話才說完，『啪』的一聲，居然臉上挨了一個大耳光。定睛一看，永琪不知道怎麼就飛身過來，滿臉怒容的站在他面前，疾言厲色的大罵：

『嘴裡這樣不乾不淨，分明就是一個流氓！人家姑娘已經走投無路，你們居然趁火打劫，太可惡了！』就大吼一聲：『放下那位姑娘！』

那惡霸勃然大怒。

『那裡來的王八蛋，敢在太歲頭上動土！』說著，揮手就打。

其他惡霸一見，全部聚攏，揮拳踢腳，大打出手。小燕子嘴裡喊叫連連，對著那群惡霸亂打一氣：

『看掌！看刀！看我的連環踢！小賊！別跑……』

福倫嘆了口大氣，無奈的喊：

『爾康！爾泰！照顧著他們！』

爾康爾泰早已飛進場中去了，一場惡鬥，就此開始。那群惡霸怎麼禁得起爾康等三人聯手，沒有幾下，已經哼哼唉唉，臉上青一塊，紫一塊，都趴下了。

小燕子拍拍手，揮揮衣袖，好生得意。

『過癮！過癮！』對地上的惡霸們喊：『還有誰不服氣？再來打！』

一個惡霸躺在地上哼哼，對小燕子恨恨的說：

『妳打妳老子，當心我跟妳算帳……』

一句話沒有說完，爾康踹起一塊泥團，不偏不倚的射進惡霸的嘴裡。大聲問：

『還有誰要說話？』

惡霸們沒有一個敢說話了。

福倫就急忙說：

『我們走吧！這樣一路打打鬧鬧，恐怕太招搖了！小燕子，妳也得收斂一點！』

『那可沒辦法，路見不平，總得拔刀相助啊！』小燕子說。

『好了！打完了，大家走吧！』乾隆說。

大家便往前走去，走了一段，永琪一回頭，發現采蓮痴痴的跟在後面。

『等一下！我們只顧得打架，把她給疏忽了！』就停步，看著采蓮：『妳爹在那兒？』

采蓮看著永琪，眼中閃著崇拜與感激，走過來，倒身就拜。

『我爹就停放在那邊的一間破廟裡！』指了指遠處的山邊。

永琪掏出一錠銀子，交給采蓮。

『快去葬了妳爹！剩下的錢，用來進京，找妳的親人吧！』

採蓮收了銀錠子，淚，流下來，對永琪磕了一個頭。

『少爺，那……我是你的人了！』

『不是不是！我不是要買妳，只是要幫妳！妳快去葬妳爹吧！』永琪揮揮手。

『可是……可是……我怎麼辦呢？那些人，我很怕啊！他們一直纏著我，一直欺負我……』

採蓮抽抽噎噎的說。

『恐怕這樣不行，那幾個惡霸還會找她麻煩的！等下爹沒葬成，說不定連銀子都給人搶了去！』爾康說。

『是啊！你們要幫人家忙，就乾脆幫到底！要不然，我們走了，她還是羊入虎口！』爾泰也點頭。

『怎麼幫到底？難道還要幫她葬父嗎？』福倫問。

小燕子豪氣的一甩頭：

『好吧！就幫她葬父吧！』

福倫搖頭，紀曉嵐和眾大臣都搖頭。只有乾隆，一笑說道：

『看樣子，我們又得找個客棧，住上一晚！』

採蓮的爹入了土。幫忙已經幫完了。

大家繼續行程，行行復行行。

大隊人馬，走了好大一段路，永琪一回頭，忽然發現後面有個人，跌跌衝衝，蹣蹣跚跚的追著隊伍。永琪定睛一看，竟是採蓮！永琪不禁一怔，一拉馬韁，奔到採蓮面前，問：

『採蓮，妳是怎麼回事？我不是跟妳說清楚了嗎？妳應該繼續上路，到北京去找妳的親人，不要再跟著我們了！』

採蓮可憐兮兮的看著永琪：

『可是……我是你的人了！你買了我。』

『不是！不是！我沒有買妳，只是幫妳！我家裡丫頭一大堆，真的不需要人，妳別跟來了，回頭走吧！』

採蓮低頭不語。

永琪一看，才發現採蓮穿著一雙鞋底早已磨破的鞋子，由於追車追馬，腳趾都已走破，正在流血。永琪抽了一口冷氣，無奈而同情，說：

『算了，先到我馬背上來，我們到了前面一站，我再來安排妳怎麼去北京！』

永琪便伸手一撈，把採蓮撈上馬背。採蓮又驚又喜，坐在永琪身前。兩人回到隊伍裡，爾泰吃了一驚，問：

『你怎麼把她帶來了？』

『到前面一站再說！』

小燕子坐在馬車裡，一直伸頭望著窗外，這一幕，就全體落在小燕子眼裡。

到了下一站，永琪發現，跟採蓮說不清楚了。那個姑娘，一直睜著一對淚汪汪的大眼睛，痴痴的看著他，一副『抵死相從』的樣子。無論永琪跟她說什麼，她都是一廂情願的，低低的，固執的說：

『我是你的人了，你已經買了我！我不會吃多少糧食，我要侍候你！』

永琪忍耐的解釋：

『我跟妳說，我真的不能帶著妳走！我們是出來辦事的，帶著妳非常不方便！到了這兒，妳就自己管自己了！』掏出錢袋：『囉，這都給妳！拿去買雙鞋，買些衣服，僱一輛車，自己去北

京，或者回妳的家鄉去，知道嗎？』

小燕子走了過來，没好氣的插口：

『少爺，我看你就把人家帶著吧！最起碼，在路上騎個馬，有人說說笑笑，也解個悶！』

爾泰聽出小燕子的醋意，唯恐天下不亂，笑著接口：

『是啊！一路上，我看你跟採蓮姑娘談得挺投機，人家現在無家可歸，你就好人做到底吧！』

大家這樣一說，採蓮更是對著永琪，一個勁兒的拜拜。

『我不會給您找麻煩，我什麼事都爲您做！請你不要打發我走！』

永琪好無奈，好不忍，回頭看紫薇，求救的看紫薇，說：

『妳給她找雙鞋！她的腳磨破了，所以不能走路，我才帶她騎馬！』

永琪這句話，原是向小燕子解釋，爲什麼會並騎一馬，誰知，小燕子聽了更怒，一扭身，就走掉了。紫薇趕緊給永琪使眼色。永琪才急忙追去。

小燕子跑到一座小橋上，氣呼呼的東張西望。

永琪急急奔來。問：

『妳在生我的氣嗎？』

『奇怪，誰說我在生氣？』小燕子不看他，掉頭去看另一邊。

『那……妳在這兒幹什麼？』

『看風景！』小燕子說得好大聲。

永琪一怔。

『等會兒老爺一定會到處找妳，妳不進去侍候著，跑到這兒來看風景？』

小燕子更大聲了：

『老爺要人侍候，你不是已經買了一個丫頭了，叫她去侍候啊！難道我是生來的奴才命，就該給你們喊來喊去，做這做那！你又沒給我錢，沒買了我！我幹什麼一天到晚等在那兒，等你們差遣！』

永琪畢竟當慣了阿哥，那裡被人這樣衝撞過，一時間，聲音也大了起來：

『妳真是莫名其妙！那個採蓮，是妳路見不平，拔刀相助！是妳要管人家的閒事，幫人打架，幫人家葬父！現在，妳生什麼氣？難道她的腳流著血，一跛一跛的跟在我們後面追車追馬，我們就該視而不見嗎？妳的同情心就那麼一點點？我還以爲妳真的是女俠客呢！』

小燕子一聽，怒不可遏：

「我不是女俠客，好不好？我從來就沒說過我是什麼女俠客！你受不了人家追車追馬，受不了人家的腳流血，你還不去照顧她，跑到這兒來幹什麼，你走！你走！」

「妳這個樣子，我會以爲妳在吃醋！」永琪盯著她看。

小燕子勃然大怒，頓時柳眉倒豎，杏眼圓睜。大喊：

「作你的春秋大夢！你以爲你是「少爺」，每個人都會追在你後面，苦苦哀求你收留？你把我看得那麼扁，讓我告訴你，你在我心裡根本不是什麼！」

永琪一震，倒退一步，氣得臉色雪白。

「妳是一個蠻不講理，沒有原則，沒有感覺，沒有思想的女人，算我白白認識了妳！」

這幾句話未免說得太重了，小燕子眼圈一紅，跺腳大喊：

「你滾！我再也不要理你！我沒思想，沒深度，沒學問……可我也沒招惹過你！你走！你也不要再來招惹我……」

「我可沒說妳沒深度，沒學問……」

「你說了！你說了！你就是這個意思！」小燕子跋扈的喊，彎腰拾起一塊石頭，就對永琪砸

過去。

永琪大怒，說了一句：

『簡直不可理喻！』掉頭就走了。

剩下小燕子，呆呆的站在橋上，氣得臉紅脖子粗。

這個採蓮，就這樣跟著隊伍，跟了整整三天。

小燕子憋著氣，也整整憋了三天。

第三天黃昏，大家停在客棧前面，卸車的卸車，卸馬的卸馬。永琪看著小燕子，兩人已經三天沒有說話了，他實在憋不住了，看到乾隆等人進了客棧，門口就剩下他們年輕的幾個人。就走過來說：

『講和了，好不好？那天，我害了「刺蝟」病，偏偏胡大夫說，這個病無藥可治，只能讓它自己好。現在，病狀已經減輕，妳是不是也可以停止生氣了？還有，那個採蓮……要跟妳告辭了，她在這兒，轉道去北京……』

永琪話還沒有說完，小燕子忽然跳上一匹馬背，對著城外，疾馳而去。

紫薇大驚失色，大喊：

『小燕子！妳幹什麼？妳不會騎馬呀！回來！回來呀！』

爾康急推了永琪一把。

永琪便躍上一匹馬，疾追而去。

小燕子騎著馬飛馳。

在她身後，永琪策馬追來。

兩人一前一後，奔進草原。永琪一面追，一面喊：

『小燕子！不要這樣嘛！妳又不會騎馬，這樣很危險呀！要發脾氣，妳就叫一頓，喊一頓，罵罵人，打一架……什麼都可以！不要這樣拿自己開玩笑，妳趕快停下來呀！』

小燕子沒有想到馬兒那麼難以控制，跑起來又飛快，在馬背上搖搖欲墜，卻已經欲罷不能。她嚇得花容失色，韁繩也掉了，她拚命去撈韁繩，撈得東倒西歪。永琪追在後面，看得心驚肉跳，喊著：

『不要管那個馬韁了！妳抓著馬脖子……抱著馬脖子……』

小燕子偏不聽他，伸手一撈，居然給她撈著了韁繩。身子差點墜馬。

『天啊……』永琪驚叫。

小燕子拉著韁繩，騎得危危險險，還不忘記回頭吵架，大喊：

『你跟著我幹什麼？你走！你走！你不要管我！我危不危險，是我的事！』就拍著馬喊：

『駕！馬兒！快跑！快跑……』

馬兒疾衝向前，小燕子一個顛簸，又差點墜馬。永琪急死了，拚命催馬向前，大喊大叫的教她：

『妳抓緊馬韁，不要放手，身子低一點，伏在馬背上，妳的腳沒有踩到馬蹬，這樣太危險了，試試看去踩馬蹬……』

『不要你教我，不要你管！』小燕子喊，拚命去扯韁繩，馬兒被拉得昂首長嘶。小燕子差點掉下馬背。

『天啊！』永琪急喊：『妳放輕鬆一點，不要去夾馬肚子……』

『我就不要聽你！誰要你來教……』

小燕子一面說，一面對著馬肚子狠狠一夾。那匹馬，就像箭一般射出。小燕子再也支持不

住，翻身落馬。

同時間，永琪已經從馬背上飛躍而出，伸長了手，要接住她。但是，他畢竟晚了一步，小燕子已經重重落地，正好落在一個斜坡上。她就骨碌骨碌的滾了下去。永琪撲了過去，一把抱住小燕子，兩人連續幾個翻滾，滾了半天才止住。

小燕子喘吁吁的，驚魂未定，睜著大大的眼睛，看著永琪。

永琪緊緊的抱著她，也是驚魂未定，也睜著大大的眼睛，看著小燕子。

小燕子突然驚覺，大怒的跳起身，喊：

『你不要碰我，你離我遠一點……哎喲！』

小燕子腿上一陣劇痛，站不穩，跌落地，伸手抱著自己的右腳。

永琪急撲過來，不由分說，就翻起她的右腳的褲管，只見褲子已經撕破，血正流了出來。永琪一看到小燕子流血，心中重重的一抽，心痛得無以復加。

『妳快動一動，看看骨頭有沒有傷到！』

小燕子推著他：

『你走開，不要管我！我已經發過誓，再也不跟你說話了！』

永琪四顧無人，就什麼都不管了，把她緊緊一抱。

『已經摔成這樣，還要跟我嘔氣！嘔什麼氣呢？我心裡只有妳一個，爲了妳，整天心神不定，把全世界的人都得罪了……那個採蓮，在我心裡怎麼會有一分一毫的地位呢？什麼王公之女，什麼天仙佳人，都趕不上妳的一點一滴啊！』

小燕子想掙開他，奈何他抱得緊緊的。小燕子就委委屈屈的說：

『我沒學問，沒思想，沒才華，沒深度，沒這個，沒那個，我什麼都沒有，我什麼都不是……』

永琪注視著她飛快蠕動的唇，再也控制不住，飛快的吻住了她。

小燕子大震，呆住了。一陣意亂神迷，天旋地轉，半天，都不能動彈。好一會兒，她才忽然驚覺，就大力的推開永琪，跳了起來，單腳跳著。

『你幹什麼？你還欺負我？』

永琪追過去扶住她。

『我不是欺負妳，我是欺負我自己！求求妳，趕快坐下來，讓我看看傷口怎樣了？難道妳要讓自己流血流到死掉嗎？』

小燕子心中一酸，落淚了。

『是！死掉算了！』

『我陪妳死！』

『現在說得好聽，一轉眼，就擺出「阿哥」架子了！』

永琪把她的身子按下，讓她坐在草地上，俯頭看看她的腿。伸手撕下自己衣襟的下襬，去紮住傷口。

『我先給妳止血！還好胡太醫跟來了，回去之後，就說妳練騎馬，摔了！知道嗎？』

『不知道！』

永琪憐惜的看她，嘆口大氣，一邊包紮，一邊說：

『是我錯了，好不好？妳原諒我，這是我第一次瞭解男女之情，一旦動心，竟然像江海大浪，波濤洶湧，不能控制！以至於，我的很多行爲，都失常了！妳會吃醋，證明妳心裡有我，我應該高興才是，怎樣都不應該和妳發脾氣！妳說對了，我從小是阿哥，已經習慣了，難免會把「阿哥」的架子端出來，以後不敢了！妳給了我定心丸吃，我還亂鬧一陣，故意去氣妳，是我糊塗了！』

小燕子見永琪低聲下氣，心已經軟了，聽到後來，又抗議了：

『什麼定心丸？我那有給你定心丸吃？』

『是，沒吃！沒吃！現在，我們趕快回去吧！』凝視她：『動一動妳的腿給我看！我真的很擔心！』

小燕子動了動，痛得齜牙咧嘴。

『還好！沒傷到骨頭！但是……傷到了我的心，好痛！』

『是人家的腳趾頭讓你好痛吧！別在這兒裝模作樣了！』

永琪伸出手掌給她。

『給妳打，好不好？』

小燕子『啪』的一聲，就給了他狠狠的一記。永琪甩著手，驚訝的説：

『妳的手勁怎麼那麼大？真打？』

小燕子閃動睫毛，落下兩滴淚。永琪一看她哭了，心慌意亂。

『小燕子，不要哭，是我錯！妳一掉眼淚，我心都揪起來了，我真的心慌意亂，不知道該怎麼辦了！』

小燕子用衣袖擦掉眼淚，把頭在永琪肩上靠了一靠。

『以後不可以兇我！不可以說我「什麼都不是」！』淚又落下來。

『是！我們彼此彼此，好不好？』永琪手忙腳亂的幫她拭淚。

『什麼「噗哧噗哧」，還「呼嚕呼嚕」呢！』小燕子聽不懂。

永琪忍不住『噗哧』一笑，小燕子也就『噗哧』一笑。

『原來是這樣「噗哧噗哧」！』小燕子自言自語。

兩人就相視而笑了。

採蓮，當天就被爾康派人送去北京了。

這段『採蓮插曲』，總算過去了。沒有驚動乾隆和長輩。只是，從這次以後，小燕子就多了一份女性的嬌羞，比以前顯得更加動人了。而五個年輕人之間，有更多的『目語』，更多的『默契』，更多的『祕密』了。

22

和乾隆『微服出巡』，實在是小燕子進宮以後，最快樂的一件事，也是紫薇進宮以後，最接近乾隆的一段日子。兩個女孩子，忙得不得了，要照顧乾隆，要找機會說出祕密，要和三個臭皮匠隨時商量大計，還要鬧鬧戀愛，吵吵架。這一路，真是非常熱鬧。小燕子平均每三天就要跟人打一架，她每次一出手，永琪就只好出手，生怕她吃虧。永琪一出手，福家兩兄弟就不能不出手，忙著保護這一個格格，一個王子。乾隆雖然也告誡小燕子，不要太衝動，這樣一路打打鬧鬧，要不引人注目，都不容易。但是，小燕子對乾隆振振有詞的說：

『看到那些壞蛋欺負好人，我怎麼可以裝作看不見呢？沒辦法呀！如果老爺你也裝成看不

見，那……您就成了……成了……』她壓低聲音，嘻嘻一笑：『昏君啦！』

乾隆瞪眼，拿這個小燕子一點辦法都沒有。

他們一路打抱不平，走得其慢無比。好在乾隆也只是出門散散心，旅行是真的，出巡是說得好聽，所以也不匆忙。這一路，有個刁鑽的小燕子，有個解人的俏紫薇，他真的享受到從來沒有享受到的溫馨和幸福。如果不是一件突如其來的大事，結束了這段旅行，他說不定會東西南北，一路『出巡』下去。

這天，走到冀州境內。正好趕上當地的廟會。大家早已有了默契，有熱鬧的地方，不能放過！所以，一行人就全體來到廟前。

廟會，永遠是最熱鬧的。有人在賣東西，有人擺地攤，有人賣膏藥，有人賣藝。各種小吃攤子，各種小點心，更是應有盡有。冀州的老百姓大概全城出動，廟裡，香火鼎盛，廟外，人潮洶湧。

小燕子在人群中擠來擠去，興高采烈的東張西望，永琪緊緊張張的跟在她身邊。

『小燕子，妳的腿還有傷，不要再向前擠了！』

『那一點傷，早就好了！』小燕子滿不在乎的說。

突然一陣鑼鼓喧天，人群中，出現一個踩高蹺的隊伍，有獅子有龍，有觀音菩薩，有金童玉女，還有哼哈二將，有蚌仙，有唐僧取經，後面還跟著『八仙』……幾乎把所有民間傳說的人物，都包容在內。最精彩的是，全部踩著高蹺，搖搖晃晃而來。

小燕子一看，興奮得不得了，喊著：

『這個好看!太好看了！』就奮力擠上前去。

『小心!小心!大家不要走散了！』福倫看到人山人海，急忙警告。

小燕子那裡肯聽，已經奮不顧身，拚命的擠進人群，要去看高蹺隊。她東一鑽，西一鑽，轉眼就淹進人群中，没了影子。永琪不放心，追著小燕子而去。爾康和爾泰，忙著去追永琪，四個人就一前一後，擠得看不見了。

福倫和幾個武將，護衛著乾隆。紫薇緊緊的跟在乾隆身邊。乾隆本來也要去看高蹺隊，但是，人潮一波一波的擠著，再加上煙霧氤氳，就覺得很熱，拿著扇子退在後面，紫薇用手裡的扇子，拚命幫乾隆搧著風。福倫、紀曉嵐等人，被擠得東一個西一個，但是，大家還是眼光不離乾隆。

這時，一個賣茶葉蛋的小販，老夫妻二人，憨憨厚厚的，挑著擔子停在乾隆面前。兩人對人

潮張望著，挺無奈的樣子。老頭就對老妻說：

『那兒人多，咱們兩個大概擠不進去了！就在這兒將就將就吧！』

老太婆一股忠厚樣，拚命點頭：

『是啊，這賣茶葉蛋不比賣糕餅，又是火，又是爐子，萬一燙著人，就不好了，能做多少生意，就做多少生意吧！』

乾隆覺得兩夫妻善良勤勉，年紀那麼大了，還要作生意，不禁同情，低頭問：

『生意好不好？』

『湊合湊合，夠過日子了！』老頭說。

『老爺子要不要吃個茶葉蛋？』老太婆急忙問：『咱們都用上好的紅茶煮的，您聞聞看香不香？不香不爽口，就不收錢！』

乾隆笑了，說：

『好吧！給我十個！紫薇丫頭，來付錢！』

『是！』

紫薇擠上來，掏出錢袋來付錢。乾隆就去拿茶葉蛋。

突然間，老頭跳起發難，一爐子炭火陡然飛起，直撲乾隆面門。熱騰騰的茶葉蛋，全部成了武器，飛打乾隆。紫薇首當其衝，被燙得大叫。老頭嘴裡大喊：

『皇帝老兒，納命來吧！』

老太婆嘩啦一聲，突然從腰間抽出一把尖銳的匕首，直撲乾隆，吼著：

『我給大乘教死難的信徒報仇！看刀！』

變生倉卒，小燕子等人遠水救不了近火，近處的鄂敏、傅恒、福倫等人大驚。

『有刺客！有刺客！保護老爺要緊……』福倫大喊，聲如洪鐘。

乾隆已經揮著摺扇，來不及的打著那些炭火和熱騰騰的茶葉蛋，一抬頭，陡見利刃飛刺而下。乾隆本不至於招架不住，但是，前前後後全是人牆，施展不開。眼見利刃直逼胸前，自己竟退無可退，閃無可閃。就在這千鈞一髮的時候，紫薇奮不顧身，用身子直撞乾隆，挺身去擋那把刀。

只見利刃『噗』的一聲，插進紫薇胸前。鮮血立刻湧出。

乾隆大震，什麼都顧不得了，伸手撈起紫薇，嘴裡發出一聲大吼，把周圍的人，撞得跌的跌，倒的倒，他抱著紫薇，飛竄出去。

同時，鄂敏、傅恒、福倫都大喊著飛撲過來救人，和那老頭老太婆大打出手。

遠處，小燕子、永琪、爾康、爾泰聽到這邊的喊叫，知道出事了，也顧不得傷人不傷人，一路吼叫著撲奔過來，飛的飛，竄的竄，跳的跳……

誰知，高蹺隊伍全部發難，高蹺成了武器，和永琪等人展開惡鬥。一群人竟然都是武功高手，大家打得天昏地暗。

群衆喊著叫著，摔著跌著，四散奔逃，場面混亂。

傅恒、鄂敏和老頭應戰，福倫就保護著乾隆且戰且退。乾隆一直抱著紫薇，不曾放手。利刃也一直插在紫薇胸前。

爾康等人，和那個高蹺隊殺得難解難分。始終沒辦法殺到乾隆身邊，大家急死了，只得拚命死戰。

傅恒、鄂敏已將老頭和老太婆打倒在地。可是，『蚌殼精』和『舞龍舞獅』又都砍殺過來，傅恒見乾隆抱著紫薇不放，顯然無法自保，急忙大喊：

『鄂敏！去保護皇上！這兒交給我！』

『是！』

鄂敏抽身，和福倫保護著乾隆，終於退到了安全地帶。紀曉嵐也奔了過來。

乾隆低頭，看著懷中面孔雪白，血一直淌下的紫薇。啞聲大叫：

『胡太醫！胡太醫！胡太醫……胡太醫在那兒？』

『忙亂之中衝散了，皇上別急，我去找！』鄂敏說。

『鄂敏，你別去！在這兒保護皇上！』傅恒急喊。

乾隆大急，看著紫薇，心如刀絞，大喊：

『去找胡太醫！這兒已經安全了，保護什麼？趕快去找胡太醫！』

紀曉嵐急忙應著：

『我去找！我去找！』

紀曉嵐衝進人群，到處找胡太醫。

爾康耳聽四面，眼觀八方，看到紀曉嵐在人群中，瘋狂的喊著『胡太醫』，知道有人受傷。他大吼一聲，連連撂倒了好幾人。飛過人群，抓住了正在盲目奔竄的胡太醫。後面『何仙姑』追殺過來，一刀砍傷了爾康的手臂。爾康負傷，卻不肯放掉胡太醫，急促中，嘴裡大吼，腳下連環踢，踢倒『何仙姑』，爾泰趕來，一刀刺下。

『皇上已經退到樹下，紫薇身受重傷，你趕快去！這兒有我！』爾泰急喊。

爾康一聽，紫薇身受重傷，腦中轟的一響，抓著胡太醫，一路殺出去。

樹下，乾隆仍然抱著紫薇，不曾鬆手。他低頭，看到紫薇的臉色越來越白，血一直滴到地下，不禁心慌意亂。他喊著紫薇：

『紫薇！紫薇丫頭！看著我，別暈過去，保持清醒！跟我説説話！聽到沒有？』

紫薇看著乾隆，好痛，吸著氣，覺得每次呼吸，血就跟著流出去。她以爲自己要死了。好多話，還沒説明白，怎麼辦？

『皇上，我是不是快死了？』她掙扎著問。

乾隆大震：

『什麼死不死？受這麼一點小傷，怎麼會死？』抬頭又一陣大喊：『胡太醫！找到胡太醫沒有？』

紫薇心裡好急，顫聲的説：

『皇上，如果我死了，可不可以請求你一件事？』

『什麼？』乾隆心痛，著急，心不在焉，到處找太醫。

『請你饒小燕子不死！』紫薇輕聲說，懇求的。

『不要再死不死的了，誰都不會死！』乾隆生氣的喊。

紫薇好痛，呻吟著：

『我們不是安心的……請饒小燕子一命！』她再說。

乾隆根本聽不懂，以爲紫薇已經失去意識了，急得不得了，大聲說：

『紫薇，妳撐著一點，太醫馬上來了！』

這時，爾康渾身浴血，手臂帶傷，提著太醫，幾乎是腳不沾塵的飛竄而至。

『太醫來了！太醫來了！』他喊著，一眼看到乾隆臂彎裡的紫薇，看到那把深深插在她胸前的利刃，和那點點滴滴往下淌的鮮血……他眼前一黑，幾乎要暈過去，脫口就喊：『老天啊！』

胡太醫驚魂未定，喘息的站在那兒。

『請皇上把紫薇放下地，讓臣診治！』

鄂敏已將身上外衣脫下，鋪在地上。

乾隆這才將紫薇放在地上。太醫急忙上前把脈，察看傷口。

另一邊，戰事已經告一段落，高曉隊東倒西歪，全部躺下。冀州的守備丁大人已經得到消

息，率領了大批官兵趕到，捕捉刺客。

小燕子這時才能脫身，聽到是紫薇受傷，嚇得面無人色。連滾帶爬的撲奔乾隆這兒，一看到地上的紫薇，魂飛魄散。

『紫薇，怎麼會這樣？妳中了一刀……天啊！』她爬過去，抱住紫薇的頭，淚珠就落在紫薇面頰上了：『我答應過金瑣，不讓妳少一根頭髮，現在，妳居然中了一刀，我要怎麼辦啊……』

紫薇看到小燕子，好多叮囑，簡直不知道要先講那一樣好。

『金瑣，要照顧金瑣……』她虛弱的說。

小燕子更是淚如雨下。

『妳說什麼，不會有事的！妳勇敢一點，不會有事的……』她哭著喊。

衆人此時已惡戰完畢，紛紛聚攏。

『報告皇上，丁大人已經帶兵趕到，所有亂黨全部抓了起來！都是大乘教的餘孽，從「拋繡球」那天起，就盯上我們了，現在，已經押去審問了！』傅恒稟告。

就有丁大人帶著一隊官兵，急跪於地。

『卑職丁承先叩見皇上，不知皇上駕臨，護駕來遲，罪該萬死！』

官兵全部跪落地。齊聲大喊：

『皇上萬歲萬萬歲！』

乾隆煩躁的揮手，心急如焚的說：

『都不要吵，現在什麼事都別說！先把紫薇治好要緊！胡太醫，紫薇怎樣？』

『趕快找一個乾淨地方，臣要把匕首拔出來！』胡太醫緊張的說。

乾隆就對丁大人喊：

『聽到沒有？最近的地方在那兒？』

丁大人磕頭說：

『皇上不嫌棄，就到奴才家裡吧！』

乾隆一俯身，就從地上抱起紫薇，急促的說：

『還耽擱什麼？走呀！』

說著，乾隆就邁開大步，大家趕緊急步跟隨。

丁府一陣忙忙亂亂。

紫薇躺上了床，胡太醫不敢立刻拔刀，生怕刀子一拔，紫薇也就去了。看乾隆這種神情，萬一紫薇不保，恐怕他這個太醫也不保了。先要丫頭們準備熱水，準備參湯，準備繃帶，準備止血金創藥……他忙忙碌碌，在臥室內內外外跑。

乾隆在門口攔住了他。

『胡太醫，你跟我說實話，拔刀有沒有危險？』

『回皇上，紫薇姑娘的傷，並沒有靠近心臟，可是，流血太多，傷到血管，是顯而易見的！刀子拔出時，只怕她一口氣提不上來，確實有危險！臣已經拿了參片，讓她含著，但是……』

乾隆明白了，咬牙說道：

『朕跟你進去！看著你拔刀！』

兩人大步來到床前。

紫薇躺在床上，臉色慘白，匕首仍然插在胸前。太醫已將傷口附近的衣服剪開，丫頭們用帕子壓著傷口周圍。

太醫推開丫頭，按住傷口，準備拔刀。

小燕子、乾隆、爾康、爾泰、永琪、福倫全部圍在床前，緊張的看著太醫。

『我需要一個人幫忙，抱住她的頭，壓住她的上身，免得拔刀時身子會動！』

爾康往前一衝，忘形的說：

『我來！』說完，才發現手臂上有傷，根本動作不便。

乾隆已經一步上前。堅定的說：

『朕來！』就上前，緊緊的，穩定的抱著紫薇的頭，低頭對紫薇說：『朕在這兒穩著妳，朕既然貴爲天子，一定能夠給妳力量！妳也要爲朕爭一口氣，知道嗎？』

紫薇虛弱的點頭。心裡明白，自己的生命，恐怕會隨著拔刀而消失。眼睛不禁看衆人，好多的不捨，好多的話要說。

胡太醫很不安：

『皇上！臣拔出匕首時，只怕血會濺出來！是不是讓別人……』

『你不要顧慮了，趕快救人要緊！』就看衆人：『你們退下吧！小燕子，妳也出去！』

小燕子立刻哀聲喊：

『我不走，我守著她！我絶對絶對不離開她！』

爾康兩眼，死死的看著紫薇，整個魂魄，都懸在紫薇身上，那裡能夠離開。永琪看大家這個

狀況，就急促的說：

『皇阿瑪，如果沒有不方便，讓我們看著這把刀拔出來。畢竟，這些日子以來，我們跟紫薇已經像一家人了！沒看到她平安，大家都走不開！而且，我們可以給她打氣呀！』

乾隆自己已經方寸大亂，顧不得大家了，就默然不語。

太醫就握住刀柄，看著紫薇說：

『紫薇，我要拔刀了！拔出來的時候會很痛，但是，沒辦法，非拔不可！』

紫薇點了點頭，抬眼看乾隆。

『等一下！』她的眼光，深深切切，裡面藏著千言萬語，盯著乾隆。

乾隆在這樣的眼光下，覺得心都碎了。他振作了一下，用有力的語氣說：

『紫薇丫頭，只是痛一下，妳不會有事，朕不許妳有事！不要怕，知道嗎？』

『皇上……皇上……我要請求一件事！』紫薇衰弱的說。

『是！妳快說！這刀子要馬上拔，不能再耽擱了！』乾隆著急。

『皇上……請答應我，將來，無論小燕子做錯什麼，您饒她不死！』

小燕子一聽，淚水就瘋狂滾落。

『好！朕饒她不死！妳安心了吧？』乾隆匆匆回答。

爾泰和永琪交換了一個注視，這句話終於聽到了，卻在這種情況底下，人人震動而心碎了。

紫薇放心了，一笑，眼光就停在爾康臉上。

『爾康，我也求你一件事！』

爾康震動的盯著紫薇，啞聲的：

『妳說！』

『萬一我有個什麼，請你收了金瑣！我把她的終身託付給你了！』

爾康心中，一陣絞痛，此時此刻，她關心的是小燕子，是金瑣！他咬了咬牙，忍著淚，不敢再耽誤時間，有力的答道：

『是！』

紫薇就對太醫沉著的說：

『請拔刀！』

大家連大氣都不敢出，屏住呼吸，定定的看著那把刀。

小燕子淚水不停的掉，用手蒙住嘴。

爾康咬緊牙關，好像是自己在拔刀。臉色和紫薇一樣蒼白。

太醫握住刀柄，用力一拔。

鮮血立刻飛濺而出。紫薇一挺身，痛喊出聲：

『啊……』

乾隆將紫薇的頭，緊緊一抱，血濺了一身。

紫薇厥了過去。乾隆急喊：

『紫薇！紫薇！紫薇……』

『她死了……她死了……』

『崩咚』一聲，小燕子暈倒在地。

紫薇悠悠醒轉的時候，夜已經很深了。她閃動著睫毛，微微的睜開眼睛，只見室內燈火熒熒。她的眼光，從燈光上移開，看到了太醫和小燕子……然後驀然發現乾隆正一瞬也不瞬的看著她。紫薇一個震動，清醒了，驚喊：

『皇上！』

小燕子立刻仆了過去。驚喜的喊：

『她醒了！她醒了！』

乾隆給了紫薇一個難以察覺的微笑，轉頭急喊：

『胡太醫！』

『臣在！臣馬上診視！』

胡太醫急忙上前，看了看紫薇的眼睛，又握起紫薇的手來把脈。半晌，胡太醫放下紫薇的手，鬆了一大口氣，回頭看乾隆：

『皇上，紫薇姑娘脈象平穩，已經沒有大礙了！真是皇上的洪福，蒼天的庇佑！現在，只要好好調理，休養一段時間，就可以恢復健康了！』

乾隆那顆提著的心，這才回歸原位，就低頭去看紫薇。

『紫薇！覺得怎樣？醒了嗎？真的醒了嗎？認識朕嗎？』

『皇上，我……讓您擔心了！』紫薇衰弱的說。

乾隆緊緊的盯著她：

『是，妳讓朕擔心了，擔心極了，擔心得不得了！現在怎樣，坦白告訴朕！』

『好痛！』紫薇誠實的說。

胡太醫急忙說：

『我這就去熬藥，吃了，可以安神止痛！』

『有那種藥，還不快去熬！』乾隆對太醫喊。

『喳！』太醫急急退出門去。

小燕子對著紫薇，左看右看，越看越歡喜。她握起紫薇的手，終於有真實感了。突然放聲大叫：

『哇！妳活了！』低頭看紫薇，樂不可支：『恭喜恭喜！妳沒有死！妳知道是怎麼回事嗎？妳已經到閻王那兒去報到了，可是，閻王老爺看到妳，非常生氣，跟那些抓妳的小鬼大發脾氣，說：「這個姑娘時辰沒到，還有一百年陽壽，你們抓錯了人，趕快送她回去！」所以，妳就活過來了！度過這一關，妳還有一百年好活！』

紫薇看著小燕子，笑了。

『一百年？那不是變成老妖怪了！』

『反正有我這個「千歲千千歲」陪著妳！妳怕什麼？咱們上面，還有「萬歲萬萬歲」呢！』

乾隆就俯身看著紫薇，眼中，盛滿了溫柔。紫薇接觸到乾隆的眼光，不安的動著身子：

『皇上！您還不趕快去休息！我那一百年陽壽，準會被您打折了！』一動，傷口好痛，不禁咬牙吸氣。

乾隆急忙按著她的身子：

『別動！那麼大一個傷口，妳還要動來動去，血好不容易才止住了！千萬不要動！』就深深的看著紫薇，說不出有多麼憐惜。『還記得整個發生的事嗎？』

紫薇點點頭。難過的說：

『怎麼會有刺客呢？一個好皇上，千載難逢，他們還要行刺，我真……想不通！』又關心的問：『還有人受傷嗎？』

『只有爾康，受了一點輕傷，其他人都還好！』

『爾康！』紫薇驚呼。

『操心妳自己好不好？不要管別人了！和妳的傷比起來，那些傷都不算什麼了！』乾隆忍不住用帕子拭去紫薇的汗。『這一會兒，疼得好些嗎？』

『好多了！拔刀的時候，我真的以爲活不成了！』

『傻丫頭！有我鎮在那兒呢！朕心裡一直有個強烈的聲音在說，妳不會死！絕對絕對不會死！』

紫薇感動極了，吸了吸鼻子，請求的說：

『我現在沒事了，請皇上去休息！』

乾隆繼續看著紫薇，看了好久好久。

『好！朕去休息，讓妳也能休息。不過，在朕去休息以前，有幾句話要跟妳說！』

紫薇又點點頭。

『妳今天用妳的身子，爲朕擋那把刀，妳帶給朕的震撼，不是一點點，而是驚濤駭浪。妳受傷之後到現在，朕一直看著妳，不明白如此柔弱的妳，怎麼會有這種勇氣？妳，真的讓朕困惑了，感動了！』

紫薇眼中充淚了。

『皇上，你不用困惑，那不是「勇氣」，只是一種「本能」。』

『本能？多麼珍貴的「本能」！朕會永遠珍惜著妳這份「本能」！』

紫薇很想說什麼，奈何傷口痛楚，欲說無力。

乾隆見她欲言又止，體貼的接口：

『現在，夜已經深了，朕還要去追查那些刺客的來歷，不陪妳了！有什麼話，慢慢再告訴朕，來日方長，知道嗎？』

紫薇再點點頭。乾隆就起身，看著小燕子：

『小燕子，妳好好的侍候著紫薇，需要什麼，馬上說！太醫的藥熬好了，要看著她吃下去！』

『我知道！』

乾隆再看了紫薇一眼，轉身去了。小燕子送到房門口。

『去陪著紫薇，別送朕了！』

『是！』

乾隆離去了，小燕子就回到床邊，對紫薇崇拜的喊：

『紫薇！妳好了不起，胸口插了一把刀，妳還記得要皇阿瑪饒我死罪！我的腦袋，是不是不會搬家了？』

『我想，不會搬家了！』

『那……我們還等什麼？我們都說出來算了！』小燕子興奮的說。

『無論如何，要先回宮才能說！』

『無論如何，要等妳身體好了才能說！萬一皇阿瑪大發脾氣，妳才有力氣幫我！』

紫薇虛弱的笑，同意了。

這時，房門一開，爾康閃身入內。他關上房門，就直衝到床前。

紫薇一見到爾康，就緊張的驚呼著：

『你的手臂怎樣了？給我看！』

爾康心痛已極的說：

『不要管我的手臂了！』就用沒有受傷的手，抓住紫薇的手，急促的說：『噓！妳別說話，也不要動！我知道妳很衰弱，沒力氣跟我多說話，妳什麼話都別說！聽我說就好了！我看著太醫離開，問過妳的情形，我也看到皇上離開，知道妳不會有事了！我不再說讓妳洩氣，或者讓妳擔心的話，我只要告訴妳，我愛妳愛得好心痛，愛得快發瘋了！請妳爲我快快好起來！』

紫薇含淚點頭。

『妳已經贏得皇上的愛，贏得每一個人的尊敬，妳這麼勇敢，這麼不平凡！我想到這樣完美

的一個妳，居然心中有我，就覺得好驕傲！我想，我不用告訴妳，妳的受傷，帶給我多大的痛楚，因爲妳那麼瞭解我，妳會體會的！現在，皇上和太醫，時時刻刻都在妳身邊，我反而只能遠遠的看著妳，我能說的，妳聽得見，我不能說的，相信妳也聽得見！』

紫薇拚命點頭。

『妳好偉大，妳好能幹！現在，我們等於已經拿到特赦令了，等到我們回宮以後，等妳的身子完全康復了，我們再找一個機會，去跟皇上說明一切！現在，我不要妳操心，不要妳煩惱，我一定配合妳，不會衝動！我信任妳，愛妳！』

爾康說完，就在紫薇額上，印下一個重重的吻。站起身來說道：

『太醫馬上要給妳送藥來，我不能停留了！答應我，好好吃藥，好好休息！』

紫薇含淚看爾康，握著爾康的手，用力的緊握了一下。

『你的手臂……』

『我知道，』爾康急忙回答：『我也會爲妳保護我自己！妳放心，只是一點點皮肉傷！』他依依不捨的放開紫薇。『我走了！明天再來看妳！』

紫薇再點頭。

爾康很快的閃身出去了。

小燕子眨動眼瞼，對紫薇說：

『我好感動！我好嫉妒……妳怎麼能讓這麼多的人都喜歡妳呢？』

紫薇一笑。

『妳還不是一樣嗎？』

『「噗哧噗哧」啊？』

紫薇怔了怔，聽不懂。

『就是「彼此彼此」啊！我才學會的句子！』

紫薇雖然很痛，卻忍不住笑了。

紫薇的受傷，帶給乾隆的震撼，真的不是一點點，而是強烈巨大的。他身爲皇上，早已習慣了前呼後擁，被人千方百計保護著的日子。從小到大，侍衛、隨從、諳達爲他受傷的也有好多，他的感覺都只是『理所當然』而已，那些人是訓練了來保護他的。可是，紫薇卻用血肉之軀，來爲他擋刀，他就不能不震動、感動到『忘我』的地步了。一連好幾天，他陷在這種感動中，眼

中，都是紫薇；心中，也都是紫薇。

幾個大臣，也看出皇上的心事了。福倫是知情的人，看在眼裡，急在心裡。紀曉嵐在毫不知情下，卻成了乾隆的知己。君臣之間，對紫薇有著最坦率的談話。

『這個紫薇，真的讓朕困惑極了，震動極了！』乾隆說。

紀曉嵐察言觀色，就誠摯的接口：

『紫薇姑娘是個冰雪聰明、才氣縱橫的女子。這一路上，臣看著她在生活小事中，流露出來的智慧，已經覺得非常驚奇。作詩、寫字、下棋，她什麼都會，書籍的涉獵，又那麼廣博，真是難得！而這次面對刺客，表現出來的勇氣，才更加讓人佩服！』

乾隆被紀曉嵐說進心坎裡：

『是啊！朕這些天，一直在回憶被刺那個剎那，就想不明白，是什麼力量，讓她去擋那把刀！她沒有武功，手無縛雞之力，只是一個弱女子。當她用身子去擋刀的時候，她根本沒有時間思想！她說，那是「本能」！是的，朕千思萬想，那確實出於「本能」。她的「本能」，讓她毫不猶豫的代朕去死！朕只要想到這一點，就覺得驚心動魄了！』

紀曉嵐瞭解的看著乾隆，覺得已經『讀』出了他的心意。

『這樣的女子，可遇而不可求！是皇上的洪福，才會遇到。這次皇上化險爲夷，論功行賞，紫薇姑娘，也要排個首功！無論如何，應該給她一點封賜！臣以爲，皇上回宮以後，不妨再作安排！』

乾隆迷惑起來：

『朕也這麼想。可是……這個紫薇，實在有些奇怪！朕從來沒有對於一個女子，像對她這樣！在朕內心深處，總覺得對她有種感情，甚至超越了男女之情。朕會去在乎她的看法，她的感覺，幾乎「尊重」著她的一些思想，不願意用「皇上」的身份去勉强了她。朕也對她充滿好奇，很想去透視她，研究她！哦！真有些說不明白！』

『臣以爲，最美麗的女人，是一本吸引你一直看下去，卻永遠讀不完的書！』

『哦！』乾隆對這個說法，非常感興趣。『你這個說法，很有意思！是！紫薇就是這樣一本書！有時，朕很想翻到最後一頁，去看看結尾，又生怕這樣，把中間最精彩的部份跳掉了，於是，就壓抑著自己，不要操之過急！還是一頁一頁的看吧！她有些地方，像一個謎！』

是的，紫薇是一個謎，有些神祕。乾隆在震撼之餘，根本沒有去推敲謎底。

紫薇在丁府，休養了半個月，所幸年輕，復元得很快，半個月以後，已經活動如常了。乾隆自從碰到刺客事件，就對『微服出巡』敗了興致，很想回宮了。只是紫薇身子沒好，他生怕她禁不起舟車勞頓，一直按捺著不動身。

這天，小燕子和兩個丫頭，扶著紫薇坐進亭子。

爾康、爾泰、永琪都圍了過來。

『紫薇，怎麼下床了？太醫說可以出來嗎？吹風不要緊嗎？』

紫薇站起身來，跳了跳，轉了一圈，表示自己已經好了。

『我好得不得了，你看，跑跑跳跳，都沒關係了！就是皇上太關心，太醫才說多休息幾天比較好，其實，我沒事了，你們不要再把我當病人了！我拖累得大隊人馬，都不能行動，已經好抱歉了！』

『好好好！我們相信妳，妳不要跳！不要轉圈子了，當心頭暈！』爾康急忙說。

亭子外面，丁府的幾個女孩子，正在踢毽子。毽子一上一下，煞是好看。孩子們一面踢，一面數著數：

『五、六、七、八……』

毽子飛得太高，眼看接不到了，小燕子技癢，一個飛身而出，接著毽子，繼續踢下去，一面踢，一面對孩子們喊著：

『我教妳們怎麼踢毽子！這踢毽子有各種各樣的花樣……』就表演起來：『前踢，後踢，轉身踢，連環踢，高踢，翻個跟斗踢，這個踢法叫「鯉魚躍龍門」，這個踢法叫「老鷹抓小雞」……』

小燕子表演得十分精彩，孩子們看得目瞪口呆。個個的腦袋，都跟著那個毽子忽上忽下。

紫薇和爾康、爾泰、永琪、丫頭等人都笑吟吟的看著。爾康看看小燕子，看看紫薇，因紫薇的恢復健康而欣喜著。小燕子繼續喊：

『這樣反腳從後面一個高踢，叫作「一飛沖天」……』

毽子被這個『一飛沖天』，真的飛上了天，然後，竟然落到屋頂上去了。

眾孩子全體『哇』的大叫：

『毽子！毽子！我們的毽子！怎麼辦？我們要毽子……』

『要毽子？那有什麼難？拿給你們就是了！不要吵，不要吵……』

小燕子一面說著，一面施展輕功，飛身而起，永琪大喊：

『小燕子！妳不要去拿了，我幫妳去拿……』

永琪話沒說完，驚見小燕子這次的表演居然成功，已經上了屋頂。

『她上去了！居然上去了！』爾泰不相信的喊。

所有的小孩全體仰頭往上看。佩服極了，大喊：

『還珠格格好偉大啊！好偉大啊！可以飛上屋頂耶！』就鼓起掌來，大叫：『還珠格格好偉大！還珠格格了不起！』

小燕子上了房，好生得意，聽到掌聲吆喝，更加得意。但是，毽子在屋頂另一角，小燕子就一面走向那個毽子，一面對下面衆人喊：

『誰都不要上來幫忙，我馬上拿下來了！』

小燕子就在屋頂上邁步，搖搖晃晃的去拿毽子。

衆人看得提心吊膽。

就在此時，乾隆帶著紀曉嵐、傅恒、福倫、鄂敏等人來到。

乾隆見大家都仰頭看屋頂，跟著抬頭一看，大驚。大喊：

『小燕子！妳怎麼跑到人家屋頂上去了？這成何體統？趕快下來！』

小燕子被乾隆一吼，嚇了一跳，一面回頭看，一面伸手撈毽子，這樣一分心，腳下一滑，就尖叫著，整個人滾下屋頂。

孩子們驚呼起來。

永琪早就蓄勢待發，此時飛竄過去，伸手一接。小燕子落在永琪懷裡，手裡牢牢的握著那個毽子。

乾隆眉頭一皺，本來就覺得小燕子和永琪之間，有些怪異，現在的感覺更強了。

『小燕子！妳實在有點過分！那有一個格格，像妳這樣淘氣！現在，我們是在丁家作客，妳好歹也要收斂一點！怎麼上了人家的屋頂！像樣嗎？』乾隆罵著。

小燕子從永琪懷中跳了起來，對乾隆鼓著腮幫子：

『只是幫孩子們去撿毽子嘛！毽子飛到屋頂上去了，不上去怎麼拿呢？本來拿得好好的，難得我的輕功這麼靈，一跳就上了房，人家孩子們給我又鼓掌又吆喝的，我正在得意呢！皇阿瑪一來就吼我，害我從上面摔下來！這一摔，得意也摔掉了，光彩也摔掉了，弄得我一鼻子灰！我是因爲紫薇好了，心情好，才稍微放鬆一下，跟孩子們玩玩嘛！皇阿瑪幹嘛那麼兇？』

乾隆啼笑皆非，睜大眼睛：

『哈，朕才說了一句，妳倒有這麼多句！看樣子，還是朕怪妳怪錯了？』

小燕子嘆口氣：

『老爺，還沒回宮，你又把「體統」搬出來了！我最怕的，就是皇阿瑪那句「成何體統」！』

乾隆瞪著小燕子，很想兇她，卻又兇不起來。此時，紫薇走過來，笑著說：

『皇上！格格只是高興，您就讓她高興一下吧！』

乾隆凝視紫薇，聲音不知不覺的柔和了。

『好！看紫薇丫頭的面子，不怪妳了！』

小燕子一屈膝，笑開了。

『謝皇阿瑪不怪之恩！』

小燕子得意，把毽子一丟，飛身一踢，毽子落到孩子中。孩子們接著毽子，笑著跑走了。

乾隆搖頭，唇邊卻堆滿了笑，衆人察言觀色，也都笑了。

這時，丁大人帶著兩個官兵，急步而來。甩袖一跪：

『啓稟皇上，北京有急奏！』

『拿來！』乾隆神色一凜。

官兵跪倒，雙手高舉，呈上奏章。

福倫等人，臉色全體一變，緊張的看著乾隆。乾隆看完奏章，驚喜的抬頭：

『福倫，你們猜發生了什麼事？』

福倫看乾隆臉色：

『臣猜不著！想必是件好事！』

『哈哈！是件好事！西藏土司巴勒奔帶著他的小公主塞婭，訂於下月初來北京朝拜！西藏這樣示好，真是大清朝的光彩呀！』

大家全體驚喜起來。爾康算了算日子，驚喊：

『下月初？那麼，我們要快馬加鞭，趕回北京了！』

乾隆接口：

『是！我們要快馬加鞭，趕回北京了！』

23

小燕子和紫薇回到漱芳齋那天，整個漱芳齋都樂翻了。金瑣和紫薇團聚，有問不完的問題，說不完的故事。碰到一個誇張的小燕子，更是嘰嘰喳喳，指手畫腳，把這一路的狀況，說個沒停。至於『紫薇救乾隆』這一段，那就更加繪聲繪色，說得天花亂墜。那把插在紫薇胸口的刀，她比畫得像把長劍，紫薇流血，更是形容成血流成河，越說越嚴重。把金瑣、明月、彩霞、小鄧子、小卓子幾個，聽得眼睛都直了。金瑣一面聽，一面落淚不止，拉著紫薇，左看右看，上看下看，簡直恍如隔世。嘴裡不停的說著：

『哎呀！怪不得我在家裡，一下子眉毛跳，一下子眼睛跳，就覺得心驚膽戰，好像要出事似

的！小姐啊……妳答應過我，會照顧妳自己，妳怎麼還讓自己受傷？』又瞪小燕子：『小燕子，妳的保證呢？』

小燕子伸出手掌給金瑣。

『給妳打！隨妳要打多少下！』

明月他們聽得津津有味，一直追問：

『後來呢？後來呢？』

紫薇忍不住，從椅子裡站了起來。

『好了好了，故事說到這裡爲止，被她這樣渲染下來，我大概會變成女神仙什麼的了！那有那麼神呢？你們看我，不是好端端的嗎？如果刀有那麼長，我早就沒命了！別聽格格吹牛了！』就轉變話題：『你們在家裡怎樣？皇后有沒有再來找你們的麻煩？』

『她來過兩次，東張西望了一會兒就走了！妳們兩個不在，她發脾氣都找不著對象了，所以，就沒什麼事！』看紫薇：『真的傷得很嚴重嗎？』

『放心！這不是活著回來了嗎？』

小卓子、小鄧子還要追問『刺客』的故事，小燕子拍拍手，嚷著：

『好了好了，故事明天再說，欲知後事如何，且聽下回分解！總之，紫薇大難不死，我們七個人又都團圓了，難道你們幾個都沒有準備一點酒菜來歡迎我們嗎？』

金瑣走過來，彎腰，手一揮，說：

『格格，小姐，請進餐廳！』

原來，福倫已經派了『加急』部隊，一早就先進宮來報喜。所以，大家都有了準備。漱芳齋裡，也已好酒好菜，擺了滿桌。

這種場合，小別重逢不說，還有大難不死的喜悅。漱芳齋內，就又顧不得『規矩』了。小燕子不許任何一個人離席，堅持要『團圓』。於是，七個人圍桌而坐。像是一家人一樣，沒大沒小，嘻嘻哈哈。

七個酒杯，在空中一碰。小燕子歡聲大叫著：

『祝大家「長命百歲，腦袋不掉」！』

大家鬨然響應，都喊：

『祝大家「長命百歲，腦袋不掉」！』

大家正在酒酣耳熱，外面忽然傳來太監的喊聲。

『皇上有賞！』

衆人一驚，全體跳下桌子，狼狽的整冠整衣，跪落在地。

小鄧子哈腰過去，打開房門。

但見外面一溜的燈籠，照耀如同白晝。

就有兩個宮女，高舉著兩隻烤好的『叫化雞』進來，高聲報著：

『皇上賜「在天願作比翼鳥」給還珠格格和紫薇姑娘！給兩位加菜！』

小燕子和紫薇兩個對看，眼裡不禁閃耀著驚喜。宮女將菜放上桌。兩人還來不及表示什麼，宮女又送上第二道菜。繼續報著：

『皇上賜「紅嘴綠鸚哥」給還珠格格和紫薇姑娘！』

第三道、第四道、第五道……魚貫而入。

『皇上賜「燕草如碧絲」給還珠格格和紫薇姑娘！』

『皇上賜「秦桑低綠枝」給還珠格格和紫薇姑娘！』

『皇上賜「漠漠水田飛白鷺」給還珠格格和紫薇姑娘！』

『皇上賜「陰陰夏木囀黃鸝」給還珠格格和紫薇姑娘！』

『皇上賜「鳳凰台上鳳凰遊」給還珠格格和紫薇姑娘！』

好不容易賞賜完畢，放了一大桌。

就有太監往前一站，朗聲說：

『皇上有旨，今晚漱芳齋可以「沒上沒下，沒大沒小」！盡情喝酒，盡情狂歡，不受任何禮教拘束！』

小燕子這一下喜出望外，跳起身子，就爆發了一聲歡呼：

『皇阿瑪萬歲萬萬歲！』

紫薇帶著衆人，匍匐於地。

『還珠格格和紫薇，謝皇上賞賜！』

太監和宮女退出。

小燕子抓著紫薇的手，又跳又叫。

『我們可以盡量的吃，盡量的喝，盡量的醉，盡量的瘋了！』

金瑣聽出名堂，奔過來，激動萬分的抓住紫薇的手：

『妳和小燕子，終於「平等」了嗎？難道皇上知道了？』

『還沒有，還沒有！可是，已經「呼之欲出」了！』

『什麼「魚粗魚細」的？一條魚都沒看見！』小燕子吼著，笑得好開心：『大家不要挑三挑四了，沒有魚，有鸚哥，有鳳凰，有比翼鳥，有白鷺……還不夠嗎？大家趕快過來「狂歡」吧！這是我第一次這麼開心的「遵旨」啊！』

大家就奔回桌前，拿起酒杯，又砰然一碰。

紫薇看著那一桌子的菜，想著乾隆此時此刻，會做這樣的安排，記住了自己每一道菜，心中的歡喜，就漲滿了胸懷。那份『窩心』，別提有多麼深切了。她不禁仆伏在桌上，在幾分酒意之下，笑不可仰。

金瑣看著紫薇，感同身受，也笑不可仰了。

那晚，乾隆和令妃在一起，小別之後，也有數不盡的溫馨。令妃一面幫乾隆寬衣，一面柔情百斛的說：

『怎麼會碰到刺客呢？臣妾真的是嚇得魂飛魄散了！幸好有個紫薇奮不顧身，要不然，後果真是不堪設想！臣妾只要一想到當時的情況，就渾身冒冷汗！皇上，以後不要微服出巡了！』

乾隆伸手握緊令妃忙碌的手，鄭重的說：

『令妃，朕要跟妳說一聲，在紫薇那樣拚死救朕以後，朕再也不能，把她當成一個單純的丫頭了！』

令妃震動了一下。

『皇上，你已經……已經……和她……』

『朕没有！她和小燕子整天在一起，像親姐妹一樣，朕就算有什麼打算，也得問問她自己的意思，和小燕子的意思！』不禁深思起來：『總覺得，她對朕並不是那麼單純，說不定，她有她的想法！』

『皇上的想法，就是她最大的幸福了，她還會有什麼其他的想法呢？等她知道以後，恐怕會高興得昏過去。皇上要臣妾去幫您問她嗎？』令妃藏住自己的醋意，溫婉而體貼的問。

『不！朕寧願自己問！』

令妃凝視乾隆，在乾隆眼中，看出一種深不可測的感情。這使令妃震懾了。

『皇上，那紫薇……讓您這麼動心？』她低聲的問。

乾隆深思，自己也有一些兒迷糊。

『不是動心，是珍惜！從來沒有過的珍惜！』

令妃有一點兒受傷。但，旋即掩飾住了。

『能爲皇上拚命，能爲皇上挨刀，臣妾雖然有些吃醋，可是，也對她充滿感恩呢！』就振作了一下：『那麼，皇上的意思是，要收了她？封她作貴人？』

乾隆不知道爲什麼，竟震動了一下。眼底閃過一絲困惑。

『眼前不忙，不要嚇著她，什麼都別說！西藏土司巴勒奔馬上要來了！等忙過這一陣子，再來辦紫薇的事！』

巴勒奔帶著公主塞婭來的那一天，真是熱鬧極了。巴勒奔和塞婭，分別坐了兩乘華麗的大轎子，由十六個藏族壯漢，吹吹打打的抬進了皇宮。在轎子前面，又是儀仗隊，又是鼓樂隊，最別開生面的，是有一個藏族鬼面舞，做爲前驅。所有的舞蹈者，都戴著面具，配合著藏族那强烈的音樂節奏，跳進宮門。

乾隆率領衆大臣及阿哥們，都站在太和殿前，迎接巴勒奔。

鬼面舞舞進宮門，舞到乾隆及衆人面前，旋轉，跳躍，匍匐於地，行跪拜禮，然後迅速的散

開。兩乘大轎，抬進來，轎夫屈膝，轎子放在地上。巴勒奔和塞婭在勇士攙扶下下轎。見到乾隆，就都匍匐在地，所有藏族的隊伍全部跪下，大喊：

『巴勒奔和塞婭參見皇上，吾皇萬歲萬歲萬萬歲！』

遠處的一根石柱後面，小燕子帶著紫薇和金瑣，正在偷窺。紫薇害怕，拚命去拉小燕子的衣服：

『好了，妳看夠了，趕快走吧！別給大家發現了！這不是普通場面，皇上在接待貴賓啊！』

小燕子拚命伸頭，興奮得不得了。

『好好看啊！妳看那些戴面具的人，跳那麼奇怪的舞！那個西藏土司，長得好威武！』

金瑣也看得津津有味：

『可是，那個小公主卻長得好小巧！那身紅衣裳真漂亮！』

小燕子的頭，越伸越出去：

『皇阿瑪太不夠意思了，妳看，人家西藏土司從西藏到這兒，還把一個公主帶在身邊，見皇阿瑪也沒讓公主躲起來！爲什麼我不能大大方方跟皇阿瑪站在前面呢？』

紫薇死命拉住小燕子的衣服，把她拚命往後扯：

『妳怎麼回事？腦袋越伸越出去，快走吧！待會兒，他們大家一回身，就看到我們了……』

『讓我再看一下，再看一下下就好……』小燕子不依的，頭更往外伸。

乾隆和巴勒奔行禮已畢。巴勒奔就放聲的大笑著，用不標準的中文，說：

『哈哈哈哈！這中原的景致、風土，和西藏實在不一樣，一路走過來，好山好水！好！好！一等的好！』

乾隆也大笑著：

『哈哈！西藏土司路遠迢迢來到北京，讓朕太高興了！請進宮去，國宴侍候！』

巴勒奔拉住塞婭的手，帶上前來。

『這是我最小的女兒，塞婭！』

乾隆也急忙讓永琪和阿哥們上前。

『這是朕的兒子們！』

『皇上沒有女兒嗎？』巴勒奔驚奇的問。

『當然有！朕有八個女兒！』

『怎麼沒看見？』

『大清規矩，女兒不輕易見客！』乾隆一楞。

巴勒奔很驚奇，不以爲然的說：

『女兒尊貴，不輸給男兒，沒有女子，何來男子？』

乾隆對這種論調，也很驚奇，談笑間，已經轉身向裡走。

柱子後面的紫薇和金瑣，急忙放掉小燕子，回頭就跑。小燕子正伸長腦袋往前看，紫薇和金瑣驟然放手，她的身子就衝了出去。她一個煞車不及，竟然摔了一跤。

乾隆和衆人看到小燕子跌了出來，大驚，個個愕然，看著她。

小燕子好尷尬，跳起身來，返身想跑，已經來不及了。

乾隆一怔，只得喊：

『小燕子！』

小燕子急忙對乾隆一跪。

『皇阿瑪吉祥！』

乾隆回頭對巴勒奔說：

『這就是朕的一個女兒！還珠格格！』

小燕子抬頭看西藏土司，塞婭已經一步上前，好奇的打量著小燕子。接著，就神氣活現的用西藏話，嘰哩咕嚕的說了一些什麼。巴勒奔對塞婭吼：

『不是學了中文嗎？不要說藏語！』

塞婭就大聲說：

『這個還珠格格，怎麼趴著出來？跪著說話？比大家都短一截，像話嗎？』

小燕子一聽，氣壞了，跳起身子，嚷著：

『我來跟妳比比看，誰比誰高！』

乾隆搖頭，急忙阻止，瞪了小燕子一眼。

『小燕子！不得無禮！妳退下吧！』就回身對巴勒奔說：『這邊請！』

大隊人馬，跟著乾隆，迤邐而去。

小燕子仍憤憤不平的站在後面，瞪大眼睛看著眾人的背影。

西藏土司一來，大家都忙起來了，不但乾隆没時間來漱芳齋，連爾康爾泰永琪三個，也都忙得暈頭轉向，好多天不見人影。小燕子寂寞之餘，就大大的懷念起『微服出巡』的日子來。對這

個塞婭，意見也多得很。

『那個塞婭公主，人小小的，氣派可大大的！這樣被八人大轎抬進來，神氣活現，看了誰都不怕！見了皇阿瑪，也抬著頭挺著胸，看著我的時候，眼睛長在頭頂上，這樣瞅著我說……』就胡亂學著西藏話：『嘛咪嘛咪咕嚕咕嚕巴比隆東嗆！』

『啊？她還敢對妳唸咒啊？』小鄧子瞪大眼睛，驚問。

『「嘛咪嘛咪咕嚕咕嚕巴比隆東嗆！」是個什麼意思？』小卓子也喊。

『不是唸咒，是西藏話！意思是說我跪著出來，太丟臉了！同樣是「公主」，她就那麼神氣，我就那麼「扁」！氣死我了！』小燕子又搖頭，又嘆氣。

正在談著，爾泰忽然匆匆忙忙的跑來了。

『我來跟你們說一聲，明天，在比武場，有一場盛大的比武大會！那個西藏土司帶了八個武士來這兒，說是要跟我們的武士較量較量！所以，我們大家都忙死了，全部在準備明天的比武！皇上說，小燕子一定愛看，特別留了三個位子，讓小燕子、紫薇和金瑣去看！』

金瑣驚喜交集的喊：

『連我都有位子嗎？』

小燕子這一下，又高興起來，把手裡的帕子往空中扔去，嘴裡大叫：

「啊哈！哇哈！嘛咪嘛咪咕嚕咕嚕隆咚嗆！」

爾泰聽得一頭霧水：

「妳在說些什麼？」

「西藏話！意思就是：明天會把你們打得落花流水！」

這天，在皇宮的比武場上，真是熱鬧非凡，人頭滾滾。

乾隆帶著皇后、令妃、衆妃嬪、衆大臣、阿哥格格們一起觀戰。乾隆身邊，坐著巴勒奔和塞婭。再旁邊，小燕子、紫薇、金瑣和爾康爾泰都在座。

小燕子、紫薇、金瑣都非常興奮，皇后不時冷冷的看著紫薇和小燕子，眼神充滿了不滿和嫉恨。令妃也不時看著紫薇，見這種場合，紫薇出席，心中更是瞭然。

那個塞婭，真是活潑極了，在那兒又跳又叫，大聲給自己的武士加油，西藏話、中文夾雜，喊得亂七八糟：

「魯加！給他一球！重重的打……哈哩哈啦嘛咪呀！快呀！衝呀……」

場中，賽威和那個魯加，正打得難解難分。賽威的武器是一根鍊子，魯加是一個大鐵球。一會兒鍊子套中鐵球，一會兒鐵球又震飛了鍊子，打得驚險無比，高潮起伏。

小燕子看看塞婭，那裡受得了她如此囂張，跳起身子，也大聲嚷嚷：

『賽威！努力！努力！你是大內高手，你是最偉大的勇士，不要丟了我們的臉，給他們一點顏色看看！用力！用力……把鍊子摔起來，套住他的球，打飛他的球……小心呀……』

塞婭回頭看看小燕子，聽到小燕子叫得比她還大聲，整個人就站起身子，狂喊：

『魯加！勝利！勝利！勝利！勝利！哈哩哈啦嘛咪呀！』

小燕子也狂喊：

『賽威！哈哩哈啦嘛咪呀！打他一個落花流水！打他一個落花流水！把他打倒，不要客氣……』

乾隆、皇后和眾人聽到塞婭和小燕子吶喊助陣，都傻眼了。一會兒看小燕子，一會兒看塞婭，幾乎都忘了看比賽。巴勒奔卻興趣盎然，似乎覺得有趣極了。

塞婭學著小燕子喊：

『魯加！打他一個落花流水！打他一個落花流水！』

小燕子不甘示弱，也學著塞婭喊：

『賽威！哈哩哈啦嘛咪呀！哈哩哈啦嘛咪呀！』

塞婭和小燕子，兩人驚異互看。再掉頭比嗓門。

『魯加！一等的好！一等的勇士！重重的打！』

『賽威！特等的好！特等的勇士！打得他抬不起頭來！』

場內場外，一片熱鬧。不料賽威不敵，鍊子竟脫手飛去。

塞婭大喜，跳著腳狂喊：

『我們贏了！勝利！勝利！』雙手高舉向天。

小燕子愀然不樂，氣得直吐氣。還好，場內馬上換了人。賽廣和另一個西藏武士正在角力，彼此抱著，翻翻滾滾，摔來摔去，打得也非常精彩。小燕子又大喊了：

『賽廣，給他一個過肩摔，不要客氣！努力！努力！』

塞婭絕不禮讓，西藏話、中文並用，狂喊：

『過肩摔！不要客氣！努力！努力！』

『賽廣！靈活一點，用你的輕功對付他！』

賽廣似乎被提醒了，一陣腳不沾塵的飛繞，西藏武士被他弄得頭昏眼花，連連幾拳揮空，小燕子大笑，場中掌聲雷動。

『賽廣！你好偉大！就是這樣！累死他！』

塞婭氣壞了，跳腳大喊：

『西藏武士得第一！』

『才怪！滿族武士得第一！』

兩人叫著叫著，賽廣已經捉住對方，高舉過頭，用力摔下。西藏武士起不來了，賽廣贏了。

小燕子好生得意，轉頭對塞婭喊：

『你們輸了！你們輸了！』

塞婭臉色一沈，回頭大喊：

『朗卡！』

朗卡就飛躍入場，手無寸鐵。大內高手高遠出場迎戰。

小燕子和塞婭又開始尖叫加油。

誰知，這朗卡十分厲害，沒有幾下，高遠就敗下陣來。又一個大內高手出去迎戰朗卡，朗卡

靈活，武功高强，大內高手又敗下陣來。

乾隆臉色暗了下去。

塞婭喊聲震天：

『朗卡萬歲！朗卡勝利！朗卡哈哩哈啦！』

小燕子氣得臉發白，只見又一個高手被朗卡撂倒。小燕子就忍不住大叫：

『我們滿族的高手到底在那裡？出來呀！』

一個人從看台上飛躍而下，衆人一看，不禁發出驚呼，原來是爾康。

小燕子瘋狂般的喊起來：

『爾康！偉大！爾康！拿出本領給他們瞧瞧……』

爾康和朗卡就大打起來。兩人都武功高强，拳來拳往，打得精彩無比。

紫薇忍不住心驚膽戰，手裡的帕子，絞得像個麻花一樣。

乾隆和衆人，看得驚呼不斷。

爾康將輕功和武術結合，時而飛躍，時而踢腳，時而揮拳，時而在前，時而在後，打得朗卡應接不暇。紫薇、金瑣、小燕子都忍不住喊叫起來：

「爾康！努力啊！」

「爾康少爺，勝利！勝利！」

「爾康！給他一個連環踢！讓他見識見識你的本領！打呀！打呀！」

塞婭情急，中文已經不靈了，西藏話嘰哩呱啦喊個不停。

場中，兩人再一陣激烈纏鬥，朗卡就被打倒在地。

小燕子高興得快昏倒了，雙手伸向天空，大叫：

「這才叫高手！這才叫勝利！」

塞婭臉色一變，回頭大喊：

「班九！」

班九應聲而出，再度和爾康交手。奈何爾康的武功實在太强了，沒有多久，班九就被摔倒。

接著，藏族的武士就一個輪一個的出場，爾康從容應戰，左摔倒一個，右摔倒一個。乾隆和衆大臣，得意在心，都面帶微笑，巴勒奔看得納悶。小燕子如瘋如狂，塞婭逐漸沒有聲音了。

終於，爾康摔倒了最後一個敵人。

巴勒奔大笑說：

『哈哈哈哈！皇上！大內高手，畢竟不凡，我們認輸了！』

塞婭大叫：

『誰說？我們還有高手！』

塞婭喊完，已經飛身入場，落在爾康對面了。乾隆等人，都發出驚呼。小燕子一個起身，就想效法，爾泰死命抓住了她。

『妳不要去！先看看這個塞婭功夫如何？』

爾康見塞婭飛身而下，摩拳擦掌的對著自己，想到對方是公主，又是女子，不敢應戰。就抱拳說：

『臣福爾康不敢和公主交手，就到此爲止，好不好？』

爾康話未說完，塞婭一聲嬌叱，懷中抽出一條金色的鞭子，閃電般的對爾康臉上抽去。

爾康大驚，急忙閃避，已是不及，臉上被鞭尾掃到，留下一條血痕。

紫薇、小燕子、金瑣發出驚呼。

爾康尚未站穩，塞婭連續幾鞭，鞭鞭往爾康臉上招呼。爾泰忍不住大喊：

『不要客氣了，拿出本領來打吧！』

小燕子也大喊：

『爾康！你在幹什麼？看人家長得漂亮，捨不得打嗎？』

爾康心中也有氣，被眾人一叫，不再留情，欺身上去，要奪塞婭手裡的鞭子。但是，那塞婭竟然功夫高强，鞭子舞得密不透風。

兩人竄來竄去，飛上飛下，打得煞是好看。

紫薇、小燕子、金瑣、乾隆、爾泰、永琪和眾人看得目不暇給，驚呼不斷。

忽然間，塞婭一個疏忽，手中鞭子，已被爾康奪走。

爾康立刻收了鞭子，彎腰一鞠躬，說：

『公主好身手，承讓了！』

誰知，塞婭一腳就踢向爾康的面門，大吼著：

『什麼叫「承讓了」，聽不懂！哈哩嗚啦……』又是一串西藏話。

爾康一個後翻，避掉了這一腳。心裡實在生氣，無法客氣了，鞭子出手，『忽』的一聲，捲掉了塞婭的帽子。

塞婭卻越戰越勇，繼續拳打腳踢。爾康再一鞭揮去，捲掉了塞婭左耳的一串耳環。接著再一

鞭揮去，又捲掉塞婭右耳的耳環。

巴勒奔看得佩服不已，問乾隆：

『這個勇士是誰？』

『他是福爾康，是朕身邊的御前護衛！是福倫大學士的長公子！』

『好功夫！好！好！一等的好！』

此時，塞婭脖子上的項鍊，也飛上了天空。爾康一個旋轉，姿態美妙的接住項鍊，捧給塞婭，問：

『還要打嗎？』

塞婭接過項鍊，接過鞭子，對爾康終於心服口服，抱拳而立，嫣然一笑。

『勇士！塞婭服了！』

塞婭飛身回到看台，對巴勒奔嘰哩咕嚕，說了一大堆西藏話。

巴勒奔仰天大笑。

『哈哈哈哈！塞婭碰到對手了！滿人的武功，真是名不虛傳！』

乾隆高興極了，也哈哈大笑了：

『哈哈哈哈！這西藏人，也是身手不凡啊！連一個小公主，都讓人刮目相看呢！』

乾隆和巴勒奔，就彼此欣賞的大笑不已。

比武過去了，爾康、爾泰和永琪還是忙不完，整天見不著人影。

這天，令妃來到漱芳齋，臘梅、冬雪手裡各捧著一疊新衣跟在後面。

『小燕子！紫薇！這是給妳們兩個新作的衣裳！皇上說，最近難免會有一些宴會喜慶，怕妳們兩個無聊，要妳們也參加！這些新衣裳，是特別賞給妳們的！』

『喜慶？什麼喜慶？都是爲了那個西藏土司，是不是？這西藏土司也真奇怪，他的西藏都不要管嗎？跑到北京來，待了這麼久，還不回去？』小燕子說。

『看樣子，他們是「樂不思蜀」了！』令妃微笑。

『就算「樂得像老鼠」，也得回家啊！』小燕子衝口而出。

金瑣上前，接過了那些新衣服。驚呼：

『好漂亮的新衣服！』

令妃仔細的看紫薇，話中有話的說：

『只怕不止新衣服，以後各種賞賜，都會源源而來了！妳這一生，穿金戴銀，富貴榮華，是享用不盡了！』

紫薇驚看令妃，震動無比。

『娘娘，您在說奴婢嗎？』

令妃走過去，更仔細的看紫薇，眼神裡有著羨慕，有著讚嘆，有著微微的妒意，也有真誠的憐惜。那是一種複雜的眼光，帶著認命的溫柔。她伸手幫她把一根髮簪簪好，細聲細氣的說：

『聽說，皇上特許妳不說「奴婢」兩個字，在皇上面前，妳都不是「奴婢」，在我面前，又怎麼用得著這兩個字呢？以後，都是「妳我」相稱吧！』

『奴婢不敢！』紫薇驚喊，覺得有些不對了，心裡著急。

令妃嘆口氣，深深的看紫薇：

『妳爲皇上，擋了那一刀，妳不止是皇上心裡的「貴人」，妳也是我的「恩人」了！皇上心心念念，惦記著妳！只怕妳在這漱芳齋，也住不久了！』

小燕子和金瑣，正低著頭泡茶，兩人互看，眼光裡都是驚疑。小燕子急忙說：

『我和紫薇，在這個漱芳齋已經住慣了，我們不要搬家，也不要分開！娘娘，妳跟皇阿瑪說

一聲，不要麻煩了！我和紫薇，是公不離婆，秤不離坨！』

令妃啼笑皆非，笑著罵：

『什麼公不離婆，秤不離坨？妳遲早要嫁人的，難道紫薇還跟妳一起嫁？』

『嫁什麼人？嫁什麼人？』小燕子呆了呆，急問。

『那我就不知道了，只聽到皇上這些天，都在唸叨著要把妳指婚呢！』

小燕子、紫薇、金瑣都驚慌起來。指婚？不指錯才怪！三人還來不及說什麼，令妃整個情緒都繫在紫薇身上。看著紫薇說：

『紫薇，妳缺什麼，都跟我說，要用錢，也跟我說，身體不舒服，也告訴我，我會照顧著妳的，總之，當初是我把妳引進宮來，在我心裡，妳就跟我是一家人一樣！妳，不要和我見外啊！』

紫薇聽到令妃話裡，大有玄機，更加心慌意亂，不安極了：

『娘娘說那裡話！娘娘一直對我和小燕子，都照顧得不得了，我們充滿了感恩，怎麼還會見外呢！』

『那就好！我已經去給妳打首飾了，改天再給妳送來！皇上這些日子，忙著那個西藏土司，

恐怕沒時間過來，很多事，都得等西藏土司走了才能辦！可是，這個塞婭格格，說不定要嫁到咱們家來，那就又要先辦塞婭的事了！』

『嫁到咱們家來？她要嫁給誰？』小燕子驚問。

『妳們還沒聽說嗎？巴勒奔看上咱們了，想把塞婭嫁到皇室來，皇上想解決西藏問題，他們談得好投機！所以，五阿哥和福家兄弟每天陪著塞婭東逛西逛。今天聽皇上說，現在是八九不離十，要把塞婭配給五阿哥！準備在這個月底，或者下個月初，就辦喜事！』

小燕子整個人驚跳起來。哐啷一聲，手裡的茶杯茶壺，落地打碎了。一壺熱茶，全都潑在手上，小燕子痛得直跳。

紫薇急忙跑過去，抓著小燕子的手。

『金瑣！明月！彩霞……快拿「白玉散熱膏」來！』紫薇急喊。

令妃看著這慌慌亂亂的幾個人，怎麼回事？自己已經明示暗示了，紫薇還是一臉的糊塗，連個笑容都沒有。這個小燕子更加古怪，泡個茶都會燙到手！她站在那兒，納悶極了。

令妃一走，小燕子就對著桌腳一腳踢去，嘴裡激動的喊：

『有什麼了不起?結婚就結婚嘛!誰稀奇?誰在乎?怪不得這麼多天連影子都看不見,原來是陪小公主去了!有種,就永遠不要來見我!永遠不要跟我說話!』

金瑣和紫薇一邊一個,拿起她燙傷的手,忙著給她上藥。金瑣急急的安慰著說:

『妳先不要急,這個事情只是令妃娘娘說說,到底是真是假,還大有問題!那個塞婭兇巴巴的,又是西藏人,皇上不會要她作媳婦吧!』

小燕子氣呼呼的喊:

『爲什麼不要,人家好歹也是個公主啊!』

紫薇皺皺眉頭,認真的說:

『公主又怎麼樣呢?只要五阿哥不願意,皇上也不會勉强他的,到底是婚姻大事嘛!現在,不過是皇上和西藏土司兩個人在打如意算盤,五阿哥大概根本搞不清楚狀況!等他來了,我們再問個清楚,現在,不要莫名其妙就跟自己過不去!』

小燕子跳起身子,手一甩,把金瑣手中的藥膏也打到地上去了。她滿房間走著,怒氣沖沖。

『什麼不清楚狀況?我看他早就知道了!我看他高興得很!以前,他只要有時間,就往我們這個漱芳齋裡跑,現在,幾天都没露面了!他這個毫無心肝的東西,只會騙我,只會哄我,等到

有個真正的公主一出現，我就不夠看了！哼！他一定等不及要當西藏土司的駙馬爺了！』越說越氣，眼睛就紅了：『沒關係！趕明兒，等那個「生薑王」來的時候，我去給人家當媳婦！』

『妳說些什麼嘛！把事情弄清楚再生氣，也來得及呀！』紫薇說。

小燕子滿房間繞圈子，拚命呼氣。

『我受不了！我受不了！』

『不會啦！妳不要這樣，我覺得五阿哥對妳，是一片真心，妳不要冤枉他！妳看……』金瑣撿起藥膏：『這個藥膏還是五阿哥送來的呢！妳一天到晚受傷，他把所有進貢的藥膏都往這兒搬……』

金瑣話未說完，小燕子衝了過去，搶過藥瓶，就扔到窗子外面去了。

不料，窗外傳來『哎喲』一聲，金瑣伸頭一看，大叫：

『打到曹操的頭了！』

『什麼曹操的頭？還諸葛亮的頭呢！』小燕子沒好氣的喊。

紫薇也伸頭一看。

『真的！真的！是「賽過諸葛亮」來了！是他們三個臭皮匠！』

小燕子也衝到窗前一看，窗外，永琪、爾康、爾泰正急急走來。

小燕子反身就對外衝去。

永琪和爾康爾泰，這一陣子，確實整天陪著塞婭。這個塞婭，永遠精神抖擻，花招百出，片刻都不肯安靜。一會兒逛街，一會兒買東西，一會兒吃小吃，一會兒看露天戲……什麼都稀奇，什麼都要玩，白天玩完了，還要逛夜市，把三個人累得慘兮兮。

好不容易，這天，大家抽了一個空，到漱芳齋來看紫薇和小燕子。

誰知，小燕子直奔過來，就不由分說的把他往外面推去。

『你走！你走！你不要到我這個漱芳齋來！你去陪西藏公主好了！到這裡來幹什麼？我不要聽你胡說八道，不要再被你騙了！』大吼著：『你走！』

『這是幹什麼？好不容易，才抽一個空來看妳們，妳又摔東西，又趕人，是誰招妳惹妳了？』永琪愕然的問。

小燕子眼眶一紅，怒喊：

『還有誰？就是你招我惹我！』回頭對爾康、爾泰也一兇，咆哮的喊：『還有你們兩個，根

本就是幫兇！』

『幫兇？我們做了什麼？』爾泰瞪大眼睛，奇怪極了。

『這到底是怎麼回事？』爾康看紫薇。

『難道你們還不知道嗎？聽說，皇上要在你們三個之中，選一個人跟塞婭結婚！剛剛令妃娘娘來，說是皇上已經選定五阿哥了！』紫薇說。

永琪一個震動，往後連退了兩步。爾康和爾泰也驚訝得一塌糊塗。

『不可能的！我一點都不知道！塞婭？皇阿瑪要我和塞婭結婚？真的還是假的？』永琪怔怔的問。

小燕子跳腳：

『連日子都訂了，馬上就要舉行婚禮了，你還在這裡裝模作樣！你看你看！』跑過去，把令妃送來的新衣一件件拉開，拉得滿房間都是。『令妃娘娘連禮服都給我們送來了，說是參加你的婚禮要穿的……』

金瑣忍不住插嘴說：

『格格，令妃娘娘不是這樣說的……』

『就是！就是！她說「喜慶」，什麼喜慶嘛！就是婚禮嘛！』瞪著永琪：『你已經要結婚了，你每天陪著那個小公主，樂得像老鼠……那麼，你還來我這兒幹什麼？出巡的時候，一路上你都在騙我！現在，我不要再聽你，不要再見你了！』

永琪呆呆的掉頭看爾泰爾康。

『難道是真的？』

『可能是真的！』爾康想了想。

爾泰恍然大悟了。

『現在我明白了，原來是這麼一回事！我就說，真要保護塞婭，動用到我們三個，也有點小題大作，原來，是在爲塞婭選駙馬！』

紫薇看三人神色，知道事情確鑿，不禁大急。

『五阿哥！事不疑遲，你馬上去跟皇上說明呀！』

永琪楞了一會兒，抓起小燕子的手，就往門外衝去。

『我們一起去，反正皇上已經饒妳不死，我們把一切都說清楚吧！』

爾康迅速的一攔。

『等一等！你的意思是要「真相大白」嗎？』

永琪著急：

『不「大白」要怎樣？紫薇也說了，事不疑遲，再耽誤下去，我一定會被皇阿瑪配給塞婭的！你們想想看嘛，除了我，只有六阿哥和塞婭能配，但是，皇阿瑪只叫我陪塞婭，提都沒有提六阿哥！那個塞婭，是巴勒奔的掌上明珠，他當然想配一個王子，我逃不掉了！再不去，我真的逃不掉了！』

爾康頓時心亂如麻了：

『但是，這一個「真相大公開」不是一件小事，是一件大事，有好多「真相」要一件件去說明，現在，皇上那有這個工夫來聽？那有這個心情來接受？那有這個情緒來消化？那個西藏土司，還排了一大堆的節目，每天要按表行事！在這個亂軍之中，我們公佈真相，以時機來說，是不利極了！』

爾泰也急急接口：

『是啊！這件事對皇上一定是個好大的意外，他的反應會怎樣，我們還不能預料，有個西藏土司杵在這兒，他怎麼有心情來處理家務事？無論如何，我們都應該等西藏土司走了再說！』

永琪大吼：

『來不及了！西藏土司還沒走，我就被出賣了！』

金瑣忍不住往前一站，說：

『五阿哥，這件事我們只是聽到令妃娘娘在說，是不是真的還沒確定，你爲什麼不先去確定一下，再來商量要不要說呢？』

『是啊！金瑣說得對！我們每次就是不夠冷靜！事情一發生就亂成一團！五阿哥，你先去問明白再說吧！』爾康點頭。

永琪怔著，被點醒了。轉身就跑。

片刻以後，永琪就氣極敗壞的跑回來了，帶來的是另一個爆炸般的訊息：

『確實要聯婚，但是，新郎不是我，是爾康！』

爾康大驚，不相信的喊：

『不是五阿哥？是我？』

『是的！是你！聽說，皇阿瑪本來要把塞婭指給我，可是人家塞婭看上了你，巴勒奔堅持要

你！皇阿瑪起先還不願意，說你是他準備指給小燕子的人選，不能讓賢！後來拗不過巴勒奔，就同意了！你阿瑪想爲你解圍，皇阿瑪就大發脾氣，說是「已成定局」！要你「奉旨完婚」！』

紫薇踉蹌一退，臉色慘變，金瑣急忙扶住她，就喊了起來：

『現在，已經沒有辦法顧那麼多了，是不是？不管時機好還是不好，小姐呀，妳不能再耽擱了！快去跟皇上說明白吧，反正，遲早是要說的，揀日不如撞日，乾脆就是今天，把什麼都說出來吧！否則，誤會重重，各種問題都會發生的！』

永琪也喊著說：

『我們一天到晚，顧慮這個，顧慮那個，幾次話到嘴邊，又嚥了回去，現在，情況已經很危急了！我們面對的問題，像波浪一樣，一波一波的捲過來，避得了這個危機，避不了下一個危機！我們如果一直優柔寡斷，什麼問題都解決不了！我看，金瑣說得對，揀日不如撞日，算是天意，我們讓真相大白吧！』

紫薇看著小燕子，臉色蒼白，神情惶恐：

『讓我再想一想……』

小燕子跳起身來，往門外拔腳衝去。邊跑邊叫：

『想什麼想？再想下去，爾康就變成西藏駙馬，妳也變成娘娘了！不能再想了！妳想來想去，還是爲了保護我！我受不了了！我要把所有的事都說出來，管他時機對不對？管他後果會怎樣？反正，我想明白了！要頭一顆，要命一條……』

大家追在小燕子背後，大喊：

『小燕子！妳去那裡？』

『我去御書房，我去找皇阿瑪！』

『要去一起去！慢一點呀……』

永琪一拍爾康：

『爾康！振作一點，遮不住了！大家一起去見皇上吧！小燕子這麼激動，怎麼說得清楚啊……』

爾康點頭，拉住紫薇的手，追在小燕子後面就跑，於是，永琪、爾泰、金瑣都放開腳步，一起奔出了漱芳齋。

24

乾隆不在御書房，他正帶著皇后、令妃和眾多妃嬪，陪著巴勒奔和塞婭，在御花園中散步參觀。

『巴勒奔，從此，我們等於是親家了！今晚，朕在大戲台，點了幾齣戲，讓你們見識見識我們的戲劇！』乾隆說。

巴勒奔興高采烈的對塞婭說：

『塞婭，妳的中文不行，要做皇家的媳婦，一定要學中國的文化，看戲，是第一步，知道不知道？』

塞婭毫不羞澀，也興高采烈的回答：

『知道了！還要學跪，這皇宮裡的女人，見了誰都要跪！真是奇怪！』

令妃不禁掩口一笑，對乾隆低語：

『這個塞婭公主，和咱們的還珠格格，有點兒異曲同工呢，將來，一定會成爲好朋友！』

皇后冷哼了一聲。乾隆不悅的掃了皇后一眼。

巴勒奔問乾隆：

『這個還珠格格，就是你本來要配給爾康的那個格格嗎？』

『正是！』

『塞婭！妳好眼光！妳選中的這個勇士，是從人家格格手裡搶下來的，妳要珍惜一點，以後，不要太兇！』巴勒奔大笑說。

『我一點都不兇！我嗚啦嗚啦……』塞婭一串西藏話溜出口。

大家聽不懂，見塞婭談到婚事，毫不羞澀，當仁不讓，不禁嘖嘖稱奇。

正在此時，小燕子像一支箭一樣，飛快的射來，後面跟著爾康、爾泰、永琪、紫薇、金瑣。

小燕子一眼看到乾隆，就淒厲的，堅決的，不顧一切的大喊：

『皇阿瑪！我有事要告訴你，你不可以把爾康配給塞婭！』

乾隆和衆人大驚失色。

巴勒奔一震，眉毛倒豎。塞婭立刻備戰起來。

『是不是就是這個格格？』巴勒奔問乾隆。

乾隆見小燕子這樣沒禮貌，真是氣壞了，怒喝一聲：

『妳瘋了嗎？妳有沒有看到有貴賓在場，這樣大呼小叫，成何體統？有話，明天再說！』

『不能明天再說了！皇阿瑪，如果你把爾康配給塞婭，你會後悔的！你趕快告訴她，不行不行呀！你不能把西藏土司的女兒，看得比你自己的女兒還重要……』

這句話一出口，大家都以爲小燕子捨不得爾康。皇后忍無可忍，挺身而出了：

『這樣沒上沒下，不知羞恥！公然跑出來和西藏公主搶丈夫，皇上！你還能坐視小燕子敗壞門風嗎？』

乾隆臉上掛不住，實在太生氣了，怒喊：

『來人呀！把還珠格格抓起來！』

永琪、爾康、爾泰、金瑣紛紛趕到。永琪對乾隆『崩咚』一跪：

『皇阿瑪！我們大家有話稟告！請摒退左右！』

乾隆怒極。一個不懂規矩的小燕子，現在又來一個不懂規矩的永琪！他大吼：

『永琪！你也跟著小燕子發瘋？這兒有貴賓在，什麼稟告不稟告？「左右」全是你的長輩，如何「摒退」？簡直放肆！』

紫薇見皇后、妃嬪全部在場，還有巴勒奔和塞婭，實在不是說話的時候，當機立斷，一步上前，死命抓住了小燕子，哀聲急喊：

『格格！這不是說話的時候，皇上正在招待貴賓……妳什麼都別說了！我求求妳，趕快回去吧！金瑣！金瑣！幫我拉住她！』

金瑣看看局勢，情迫無奈，只得上前去拉小燕子。

『格格，妳聽紫薇的話吧！沒有想到是這個狀況，還是先回去再說吧！』

小燕子拚命掙扎，含淚看乾隆：

『不行不行，再不說，爾康就給那個塞婭搶去了……』

這時，塞婭已經忍無可忍，一聲嬌叱，飛身向前。對小燕子挑釁的喊：

『原來是妳！妳就是還珠格格？那天跟我比嗓門，今天跟我搶駙馬，沒有關係，妳贏得了我

手裡的鞭子，爾康讓給妳！』

刷的一聲，塞婭鞭子出手。

小燕子氣得快要發瘋了，掙脫紫薇，狂叫著一頭向塞婭撞去。

『妳這個莫名其妙的公主，難道西藏都没有男人？妳要到我們這兒來搶人家的丈夫？打就打，誰怕誰？』

塞婭没料到小燕子會用頭撞過來，一時後退不及，竟被小燕子撞個正著。小燕子力道又猛，塞婭摔跌在地。她立刻翻身而起，大怒。鞭子刷刷刷的掃向小燕子。小燕子怒火騰騰，勢如拚命，拳打腳踢外帶頭撞，無所不用，兩人竟大打出手。

乾隆大喊：

『這是什麼樣子！來人呀！』

衆侍衛應聲而出。

孰料，巴勒奔伸手一擋，興趣盎然的説：

『好！好！你的還珠格格好勇敢！是一等的格格！生女兒就要這樣，不能退讓！好極了！讓她們打，讓她們用真功夫來搶駙馬！我們誰也不要幫忙，看她們誰贏！』

乾隆愕然。衆人更是驚詫無比。

紫薇、永琪、爾康、爾泰、金瑣都急死了，明知道小燕子不是塞婭的對手，卻愛莫能助，無可奈何。眼睜睜的看著兩人對打。

小燕子已連連挨了幾鞭，被塞婭逼得走投無路。忽然大叫道：

『我不打了！不打了！停止！停止！』

塞婭收鞭，問：

『妳輸了？』

小燕子嘴裡『哇……』的大喊，閃電般直撲上去，抱住塞婭，兩人滾倒於地。小燕子雙手緊緊勒住塞婭的脖子，大叫：

『誰輸了？我是那個什麼兵什麼詐！』

塞婭氣壞了，嘴裡用西藏話嘰哩咕嚕大叫，被小燕子勒得透不過氣來。

『妳輸了沒有？妳輸了沒有？』小燕子喊，手下鬆了鬆。

塞婭乘機，一口咬在小燕子胳臂上。

『哎喲……』小燕子甩手。

塞婭立刻翻身而起，這一下不再客氣，鞭子毫不留情的抽向小燕子，小燕子躲來躲去躲不掉，被打得好慘。

爾康再也看不下去，閃身切進兩人中間，伸手握住鞭子，鞭子立刻動彈不得。

『好了！夠了！不許再打了！』爾康喊。

塞婭一看，是爾康出手，立即嫣然一笑。

『是你，我只好算了！』她收鞭躍出身子，退向巴勒奔身邊。

小燕子臉上手上都是傷，好生狼狽。紫薇和金瑣立刻上去扶住她。

『好了！不要再胡鬧了！小燕子，妳立刻回漱芳齋去，給朕閉門思過！』乾隆見小燕子被塞婭打得那麼狼狽，心中不忍。想到她會爲爾康出來拚命，一定早已兩情相悅，就更加後悔起來，這件婚事，是自己決定得太快了，對不起小燕子。這樣想著，聲音裡已經透著憐惜：『回去吧！把自己弄弄乾淨，晚上來看戲！』

小燕子哀怨已極的看了乾隆一眼，心裡湧塞著千言萬語，金瑣和紫薇拚命想拖走她。小燕子死命的掙扎，淚流滿面，終於，還是不顧一切的大喊出聲：

『皇阿瑪！我不是爲了自己在搶爾康，我是爲了紫薇啊！看在人家爲你挨刀子的份上，你還

不能給她一個丈夫嗎？』

乾隆大驚，震撼到了極點，簡直不相信自己的耳朵，驚叫著：

『什麼？妳說什麼？』

小燕子還想說什麼，紫薇一把蒙住了小燕子的嘴，拚命把她拖走。

但是，乾隆已經太震動了，眼光直勾勾的停在紫薇身上，厲聲喊：

『回來！妳們說清楚！這到底是怎麼回事？』

紫薇眼睛一閉，放手。小燕子掙脫紫薇，對乾隆一跪，豁出去了，流淚喊：

『皇阿瑪！我騙了你！我不是你的女兒，我不是格格！真正的格格是紫薇啊！是紫薇啊！她才是夏雨荷的女兒呀！』

『什麼？什麼？』乾隆越聽越驚，混亂極了。

皇后、令妃、衆妃嬪全體大驚，頓時你看我，我看你，驚呼連連。

巴勒奔和塞婭，聽得糊裡糊塗，滿臉困惑。

紫薇再也無法逃避了，走上前去，在小燕子身邊，對乾隆跪下。仰著頭，她悽楚的看著乾隆，溫溫婉婉、清清脆脆的說：

『我娘跟我說，如果有一天，我能見著我爹，要我問一句：你還記得大明湖邊的夏雨荷嗎？還有一句小燕子不知道的話：「蒲草韌如絲，磐石是不是無轉移？」』

乾隆踉蹌後退，整個人都呆住了。

皇后聽出端倪來了，往前一站，氣勢凜然的說：

『皇上！這種混淆皇室血統的大事，不能再草草了事，隨就她們胡說八道了！夏雨荷到底有幾個女兒？怎麼人人都來自大明湖？如果不把她們兩個送宗人府調查清楚，如何塞住攸攸之口？』

乾隆怔在那兒，一任衆人驚愕議論，卻不知身之所在了。

片刻以後，大家都聚在御書房，聽小燕子和紫薇說整個故事的來龍去脈。

乾隆居中而坐，皇后、令妃坐在兩邊。妃嬪環侍於後。小燕子、紫薇、金瑣、爾康、爾泰、永琪全部跪在乾隆面前。福倫和福晉也被召來了，帶著一臉的惶恐，肅立在小燕子等人身後。這，等於是一個『家審』。

小燕子把整個故事都說了，如何認識紫薇，如何一見如故，如何結爲姐妹，如何姓了紫薇的

姓，定了八月的生日，如何知道了紫薇的祕密，如何定計闖圍場，如何因紫薇不能翻山而受託送信……小燕子說到最後，已經淚流滿面：

『整個故事就是這樣，我只是紫薇的信差，我不是格格，當時，是我糊塗了，沒有馬上說清楚。等到想說清楚的時候，就怎麼都說不清楚了！其實，我跟每一個人說過，也跟皇阿瑪說過，我不是格格，但是，沒有人要相信我，大家都警告我，如果再說不是格格，就要砍我的腦袋！就這樣，我嚇得不敢說，左拖右拖，就拖到今天這種狀況了！』

皇后這一下，得意極了，威風極了。盛氣凌人的一喊：

『妳今天說的，就是真話了嗎？我看妳撒謊騙人，編故事，已成習慣！這是不是你們幾個，串通起來，再編的故事？說！死到臨頭，不要再在這兒胡言亂語了！紫薇是格格？下次，會不會變成金瑣是格格？你們到底準備了多少個假格格來蒙混皇上？簡直荒唐透頂！到底真相是什麼？妳們的陰謀是什麼？說！』

小燕子喊：

『我們那有什麼「陰謀」？我現在說的，句句是實話！』看著乾隆，求救的喊：『皇阿瑪！你怎麼不說話？』

乾隆情緒紊亂，大受打擊，看著小燕子和紫薇，方寸已亂，甚至弄不清楚自己的定位，這個變化來得太大、太突然，幾乎不是他所能承擔的了。現在，聽到小燕子喊『皇阿瑪』，心中一痛，啞聲的說：

『小燕子，紫薇，妳們兩個，居然這樣把朕玩弄於股掌之上，朕如此信任妳們，妳們卻這樣欺騙朕！如果這些故事是真的，紫薇進宮的時候，爲什麼不講？』

紫薇磕下頭去，再抬頭看乾隆，盈盈含淚：

『皇上，在不能確保小燕子的生命以前，我怎麼能說呢？雖然，我好想認爹，可是，我不能讓小燕子死啊！小燕子糊裡糊塗，可是，我不糊塗，我知道欺君大罪，是多麼嚴重！我沒辦法，我不能講啊！但是，每當皇上問起我娘的時候，我都曾經暗示過您啊！』

皇后生怕乾隆又被兩個丫頭說服，立刻眼神凌厲的看乾隆，有力的喊：

『皇上！難道您相信她們現在編的這個故事？您相信小燕子不是格格，紫薇是格格？您已經錯過一次，不要一錯再錯！現在，已經鬧得西藏土司都知道了，您是不是要讓全天下的人看笑話！』

令妃忍無可忍，插口說：

『皇后娘娘，您讓皇上自己定奪吧！畢竟，皇上的事，只有他自己最清楚！』

皇后頭一轉，銳利的看令妃，正氣凜然，聲色俱厲的說：

『妳說的是什麼話？當初，我就說小燕子不可能是格格，一定是個冒牌貨！可是，是誰對皇上說，她眼睛眉毛都像皇上？是誰力保她是龍種？今天，闖下這種大禍！小燕子是死罪，這造謠生事，蒙騙皇上的人，比欺君大罪，更加可惡！現在，妳還要用妳那三寸不爛之舌，來繼續迷惑皇上嗎？』

令妃一驚，聽皇后說得頭頭是道，害怕，低頭不語。

永琪就磕頭喊：

『皇阿瑪！請聽我說，這整個故事裡，沒有一個人有壞心，雖然騙了皇阿瑪，大家都極力在讓皇阿瑪快樂呀！小燕子和紫薇，不曾害過皇阿瑪，她們兩個，用盡心機，都在讓皇阿瑪高興啊！』

乾隆陷在一種自己也不瞭解的憤怒裡，低沈的一吼：

『福倫！你們一家人早就知道了祕密，爲什麼不說？』

福倫一顫，惶恐的躬身說：

『皇上，實在情非得已，有太多的顧忌呀！』

福晉見皇后咄咄逼人，乾隆卻陰沈鬱怒，許多話，再也不能不說了：

『皇上，請聽臣妾說幾句話，當時，我們對紫薇的身份，也是半信半疑，除了把她收留在府裡，慢慢調查之外，不知道有什麼路可走！等到小燕子偷溜出宮，兩個姑娘見了面，咱們才確定了這件事！接著，我們千辛萬苦，把紫薇送進宮，讓兩個格格，都陪伴在皇上身邊……您沒有損失呀！而我們大家，已經用心良苦了！雖然是「欺君」，也是「愛君」呀！』

爾康也接口了：

『皇上，請您仔細想一想，我們當初發現了紫薇，知道兩個格格，有了錯誤，我們原可以殺了紫薇，保持這個永久的祕密！我們沒有這樣做！我們也可以把紫薇送到天邊去，讓她永遠接觸不到皇上，我們也沒有這樣做！把紫薇留下，再把紫薇送進宮，這裡面固然有臣的無可奈何，但是，最重要的，是紫薇對皇上的一片愛心，讓人無法抗拒呀……』

皇后把桌子一拍，怒喊：

『放肆！福倫一家四口，聯合令妃，做下這樣瞞天過海的事！現在東窗事發，還不知道悔改，口口聲聲，還在那兒混淆視聽，攪亂皇上的判斷力！簡直罪該萬死！』就銳利的看乾隆，自

有一股氣勢：『當初臣妾「忠言逆耳」，一再得罪皇上，力陳不可信賴還珠格格，皇上不信！現在，臣妾不能不再度陳辭，這整個故事，荒謬絶倫！皇上不要再被他們幾個騙了！』

乾隆看著衆人，眼底沈澱著悲哀和憤怒。

『皇后說得對！朕不能一錯再錯，由著你們大家騙來騙去！你們的故事，漏洞百出，朕一個字也不要相信！』

小燕子大急，哀聲痛喊：

『皇阿瑪！你爲什麼不相信我們？紫薇是你的女兒呀，是你嫡親嫡親的女兒呀！你可以不認我，你怎麼能不認紫薇呢？』

爾康也大喊：

『皇上！想想紫薇爲您挨刀的事吧！是什麼力量，讓她用血肉之軀，去擋那一把刀？想想她說過的話，做過的事吧！我們一個個旁觀者，全部都看得清清楚楚，難道您真的不明白……』

皇后當機立斷，對乾隆大聲說：

『今天，只是一個「家審」，臣妾以爲，到此爲止，他們大家狼狽爲奸，已經是逃不掉的事實了，如何定罪，如何審判，自有宗人府去裁決！不如把他們都交給宗人府關起來！』

令妃大驚，喊：

『皇上！您要想明白啊！福倫一家，對國家屢立戰功，是您鍾愛的臣子，爾康更是西藏土司選中的駙馬，您不要因爲一時生氣，讓親者痛，仇者快呀！』

皇后怒喊：

『令妃！妳妖言惑衆，現在，還不住口！應該一併送去查辦！』

乾隆見皇后和令妃又吵了起來，感到頭昏腦脹。就拂袖而起，沈痛昏亂的喊：

『都不要說了！來人呀！先把紫薇和小燕子送到宗人府去關起來！福家四口，暫時回府，再做定奪！』

乾隆此話一出，小燕子、紫薇、金瑣、爾泰、爾康、永琪……全部臉色慘變。小燕子頓時淒厲的大喊起來：

『皇阿瑪！你砍了我的頭吧！我不要我的腦袋了，一切都是我的錯，我虛榮，我受不了誘惑，我欺騙了你和紫薇……可是，紫薇有什麼錯？你把我們都送宗人府，是要把我們兩個都砍頭嗎？你怎麼可以這樣？』一面說著，一面爬了起來，衝上前去，抓著乾隆的衣服，拚命搖著：

『皇阿瑪！你醒一醒！紫薇有什麼錯？有什麼錯……我一個人的腦袋還不夠嗎？』

乾隆大喊：

『來人呀！』

侍衛一擁而入。

乾隆指著小燕子和紫薇：

『把她們兩個抓起來！』

爾康跳起身子，臉色雪白，眼神鷙猛。

『皇上！請三思！』

乾隆指著爾康，恨恨的喊：

『你敢反抗！我不管你是不是西藏土司選中的駙馬，你們……』指著福倫福晉小燕子紫薇等人：『如此欺上瞞下，全部死罪難逃！』

福倫大驚，急扯爾康的衣服，要爾康不要再說了。爾康看著老父老母，心碎了，再看紫薇和小燕子，不知道該怎麼辦才好，惶急之下，額汗涔涔了。

這時，侍衛們早已衝上前去，把小燕子和紫薇，牢牢抓住。紫薇生怕爾康反抗，抬頭喊著：

『福大人、福晉、爾康、爾泰，我謝謝你們的諸多照顧！請大家，爲我珍重！』又轉眼看乾

隆：『皇上，我可不可以再說一句話！』

『妳說！』乾隆仍然無法抗拒紫薇的請求。

『上有天，下有地，我對皇上，蒼天可表！我死不足惜，我娘會在天上接我，我不會孤獨！但是，在我拔刀之前，您已經答應我，饒小燕子一死！君無戲言！有好多人爲證！您，殺了我，放了小燕子吧！』

乾隆怔著，拔刀一幕，仍然歷歷在目。

這時，金瑣發出一聲悽厲的狂喊，撲上前來，扯住了紫薇的衣服，哭喊著：

『小姐！小姐！妳說些什麼啊？妳不能用妳的腦袋，去換小燕子的腦袋！如果皇上一定要砍一個人的腦袋才能消氣，那麼，請砍我的腦袋吧！我是丫頭，我身受夏家重恩，我是夏雨荷養大的，跟皇上好歹有些瓜葛！讓我爲她們兩個死！砍我的腦袋……饒了她們兩個吧……她們沒有害人，只是搶著要做皇上的女兒啊……』

皇后怒喊：

『把這個金瑣，一起關起來！』

『喳！』

侍衛奔上前來，又抓住了金瑣。

爾康、爾泰、永琪面面相覷，大家都明白，乾隆現在在氣頭上，誰說話誰倒楣。皇后又虎視眈眈，一心要把大家一網打盡。這個關口，恐怕說什麼都錯。就彼此以眼神示意，警告對方不要衝動。

乾隆看著三個女子，心裡的混亂，沒有片刻平息。他不知道自己現在是愛她們，還是恨她們？只覺得自己突然像洩了氣的皮球，蒼老、感傷，而且抑鬱。他凝視著這三個女子，鬱悶的說：

『沒有任何一個人，要妳們的腦袋，妳們不必自作聰明！闖了這麼大的禍，死罪能逃，活罪難免！不管妳們的故事是真的還是假的，妳們要經過宗人府的調查和審判！朕不願再用朕的「感覺」，來判斷這件事！只怕朕的「感覺」都是錯的！妳們什麼都不要說了！去牢房裡徹底悔悟吧！』就揮手對侍衛喊道：『拉下去！』

小燕子就驚天動地般的大喊起來：

『皇阿瑪！你會後悔的！皇阿瑪，你放了紫薇呀，放了金瑣呀……她們都是被我害的……皇阿瑪，不是說「人不獨親其親，不獨子其子」嗎？別人的孩子都可以認，你到底爲什麼不認紫薇

啊……爲什麼不認紫薇啊……』

金瑣也痛喊著：

『皇上！皇上！紫薇有您的詩，有您的畫，血管裡流的是您的血啊！您要讓夏雨荷在人間的時候，哭不停，到地下以後，還哭不停嗎？』

紫薇到了這個時候，已經不再激動了。她鎮靜的，莊重的說：

『金瑣，小燕子，妳們省省力氣吧！有我跟妳們去作伴，不好嗎？我們有福同享，有難同當啊！』說著，竟然笑了，回頭深深看乾隆，清清楚楚的，幽幽柔柔的問：『皇上，您的心那麼高高在上，習慣了衆星捧月，竟不習慣人間最平凡的親情了嗎？』

乾隆大大的震動了，瞪著紫薇。

皇后急喊：

『拉下去！統統拉下去！』

小燕子、紫薇、和金瑣就被侍衛們拉下去了。

爾泰、爾康、永琪直挺挺的跪著，咬牙不語。

牢門『嘩啦』一聲拉開。

小燕子、紫薇、和金瑣就相繼跌進牢房。

牢門又『嘩啦』關上。接著，鐵鍊一陣『欽哐』響，鐵鎖再『卡答』鎖上。

小燕子跳起身子，撲到鐵欄杆上，拚命搖著，喊著：

『放我們出去呀！我不要被關起來，我不要不要啊！』對獄卒伸長了手，哀聲喊：『你們去告訴皇上，我還有話要跟他說……』

獄卒粗聲粗氣的撂下一句：

『皇上？我勸妳免了吧！進了這種地方，就等死吧！一輩子都見不著皇上了！』

獄卒說完，頭也不回的走了。小燕子不禁哭倒在鐵欄杆上：

『怎麼會這樣呢？怎麼會這樣呢？我不信不信啊……』

紫薇和金瑣走過去，一邊一個，扶住了小燕子。紫薇掏出手帕，不停的給她拭淚，安慰著她說：

『不要哭了，不要傷心了！這是我們的命，認命吧！』

小燕子反手抓著紫薇的衣襟，哭著說：

『我不能認命，我不要認命，我想不通，皇阿瑪為什麼變得這麼狠心？就因為我們騙了他，我們所有的好處，就跟著不見了嗎？』說著，就痛悔起來：『都是我不好，你們都說今天時機不好，什麼都不能說，我就是不信邪嘛！我就是急，就是毛躁嘛！我害死妳了，還害了金瑣……』

這一說，金瑣就跟著哭了。

『是我是我！最沈不住氣的就是我！說什麼「揀日不如撞日」，才會把大家都撞進鬼門關裡去……我應該攔著大家，我非但沒攔，還拚命搧火……』

紫薇就張開雙臂，一把抱住了二人，緊緊的摟著說：

『都不要哭了，也不要自己怪來怪去，該來的，總是會來，我們逃不掉！想想看，早說，晚說，總是要說的，對不對？好在，我們都關在一起，還能說話，還能聊天，將來如果不幸，一起上斷頭台，黃泉路上，也有個伴。不用傷心了！到這兒來坐！』

紫薇將兩人拉到牆角的草堆上。三人擠在一塊兒，坐在地下。

金瑣忽然驚跳起來，大叫：

『有蟑螂！有蟑螂！』

小燕子低頭一看，地上，好多蟑螂正在亂爬。她忙著東躲西躲，又脫下鞋子，追著蟑螂打來

打去。

『人倒楣的時候，連蟑螂都來欺負！』她氣沖沖的說。

紫薇卻好整以暇的坐著，抬頭看了看。忽然一笑，唸出一首詩來：

『走進一間房，四面都是牆，抬頭見老鼠，低頭見蟑螂！』她抬頭看小燕子：『妳當初作詩，原來是有「先見之明」啊！』

小燕子四面一看，臉上還掛著淚，竟然忍不住噗哧一笑。攮著紫薇嚷：

『只有妳，在這種情形下，還會逗我笑！』

乾隆整夜不能闔眼，心情激盪起伏，奔騰澎湃，陷在一份自己也不瞭解的鬱怒裡。令妃悄悄看他，對於他的鬱悶，心裡有些明白，卻不便說破。見乾隆徹夜不眠，像個困獸般在室內走來走去。她不得不以待罪的眼神，祈諒的看著乾隆。

『皇上！你心裡有氣，您就說吧！不要一直憋著！』

乾隆這才一個站定，抬頭怒視令妃，恨恨的說：

『令妃！朕是這樣信任妳，在這麼多妃嬪之中，把妳當成朕真正的知己。即使皇后對妳百般

猜忌，朕明著偏袒，暗著偏袒，就是袒護定了妳！而妳，卻聯合福倫家，這樣欺騙朕？妳讓朕鬧了這麼大一個笑話，以後，在衆多妃嬪之間，如何自處？如何自圓其説？』

令妃跪下了，含淚稟告：

『皇上！您錯怪臣妾了！我跟您發誓，還珠格格是假的，這件事我也是到今天才知道！如果臣妾老早知道，就有一百個膽子，也不敢欺瞞皇上！』

『妳還要狡賴？紫薇和金瑣，不是妳引薦進宮的嗎？』乾隆生氣的説。

令妃見乾隆發怒，害怕了，痛喊著：

『皇上，紫薇和金瑣雖然是臣妾引進宮來，但是臣妾跟您一樣，什麼內情都不知道，只以爲是幫小燕子一個忙，讓她的結拜姐妹，可以進宮來和她作伴，臣妾的動機，絕對沒有絲毫惡意呀！』

『動機！動機！現在你們每個人跟朕談動機！好像你們每個人的動機都是好的，都是沒錯的，都是情有可原的！但是……卻把朕陷進這樣的困境裡……』他的聲音低了下去，哀傷而迷惘：『這兩個丫頭，只有十八、九歲，不管誰是真的，誰是假的，或者，都是假的……她們兩個，卻騙了朕的感情，朕的信任，把朕騙得團團轉，騙得好慘！她們居然敢這樣明目張膽的騙

朕，一騙再騙！』

令妃低垂著頭，一句話都不敢說了。

『最可惡的是，她們兩個，一個看來天真爛漫，一個看來玉潔冰清，私生活卻亂七八糟，到處留情！』就一咬牙：『皇后說得對，朕不能再憑感情來做事！如果朕不治她們，實在難消心頭之恨！讓她們在宗人府，嚐嚐當格格的滋味！』

令妃對乾隆那種矛盾的感情，尷尬的處境，被騙的傷害，和真相大白帶來的震撼……其實是很瞭解的。乾隆最難受的，應該是紫薇在他心裡的地位，突然從『娘娘』變成了『格格』，他一時之間，實在不能適應吧！但是，這種複雜的心情，除了乾隆自己來調適以外，任何人都不能說話。她低頭不語，想著身陷牢獄的紫薇和小燕子，心裡難過極了。

爾康和永琪一早就來求見乾隆，兩人也是徹夜未眠，神情憔悴。一見到乾隆，兩人就對乾隆雙雙跪倒。永琪直接了當，誠誠懇懇的，掏自肺腑的說：

『皇阿瑪！今天我和爾康跪在這兒，為兩個我們深愛的女子請命！自從出巡以來，我相信皇阿瑪已經看得非常清楚，我和小燕子，爾康和紫薇，都早已生死相許，情不自禁了！請皇阿瑪看

在她們兩個的好處上，原諒她們的錯！放她們出來吧！』

乾隆大震，眼光銳利的看著永琪和爾康。怒不可遏了：

『生死相許？情不自禁？你們兩個，居然敢來跟朕說這八個字？你們不知道宮廷之中，女子的操守，是何等重要？以前，皇后就提醒過朕，你們在漱芳齋花天酒地，穢亂宮廷！是朕心存偏袒，沒有聽進去！現在，你們居然敢堂而皇之，跑來告訴朕，你們早已「生死相許」？小燕子和紫薇，本來只有欺君之罪，現在，再加上「淫亂」之罪！你們說，是可以饒恕的嗎？』

爾康真情流露的喊了出來：

『皇上！首先，我一定要讓您瞭解，我和紫薇，五阿哥和小燕子，我們「發乎情，止乎禮」，絕對絕對沒有做出「越禮」的事來！兩個姑娘都是潔身自好，玉潔冰清的！怎樣也不能說她們「淫亂」啊！』

『玉潔冰清？會談情說愛，私訂終身，還說什麼玉潔冰清？』

『皇上，這個「情」字，本來就不是「理法」所能控制，如果處處講理，處處講法，處處講規矩，處處講操守……那麼，整個「還珠格格」的故事，都沒有了！沒有小燕子的誤認，沒有紫薇的存在，也沒有我和五阿哥的痛苦和無奈了！』

爾康的話，字字句句，直刺乾隆的內心，乾隆惱羞成怒，一拍桌子，大吼：

『放肆！你的意思是說，這些錯誤，都是朕的錯?!』

爾康磕頭，不顧一切的說：

『皇上，您也曾年輕過，您也曾「情不自禁」過！您的「情不自禁」，造成今天，有兩個無辜的姑娘，關在大牢裡，呼天不應，叫地不靈！她們最大的錯誤，不是撒謊，我們一生，誰不是在撒謊中長大？她們最大的錯誤，是千方百計要認爹啊！皇上，錯認格格，並沒有什麼了不起，錯殺格格，才是終身的遺憾啊！』

乾隆拂袖而起，怒上加怒，指著爾康，恨恨的說：

『爾康！你好大的膽子，居然敢公然指責朕！今天，如果不是你已經被塞婭選中，朕一定重重的辦你！』

爾康磕頭，堅定的說：

『臣不能娶塞婭公主！』

乾隆不敢相信的瞪著爾康：

『你敢「抗旨」？』

永琪急忙插口，誠摯的喊：

『皇阿瑪！爾康是「情有獨鍾」啊！您也是「性情中人」，爲什麼不瞭解這份感情？不欣賞這份感情？不同情這份感情呢？』

乾隆被爾康和永琪，這樣你一句，我一句，氣得臉色鐵青，吼著：

『大膽！你們兩個，是要朕摘了你們的腦袋才滿意嗎？滾出去！小燕子和紫薇，是朕的事，朕要怎樣發落她們，就怎樣發落她們，誰都不許求情！你們兩個，如果再不收斂，朕一起治罪，絕不饒恕！滾！』

永琪和爾康互視，知道已經逼到最後關頭，走投無路了。

那晚，紫薇、小燕子、金瑣三個，被獄卒帶進一間陰風慘慘的大房間裡，她們幾乎是被摔進房間的，三個人放眼一看，房裡鐵鍊鐵環俱全，刑具遍地，這才知道到了『地獄』。在火炬的照射下，看到有個官員，坐在一張大桌子前面，後面官兵圍繞肅立，殺氣騰騰。桌子上，放著三份『供狀』和筆墨。

那個官員，用驚堂木在桌上用力敲下，大喝道：

『呔！三個大膽妖女，妳們從那裡來？冒充格格，是不是爲了想刺殺皇上？從實招來！』

金瑣覺得聲音熟悉，抬頭一看，喊著說：

『是那個「太常寺」的梁大人啊！』

紫薇也抬頭看，驚喊：

『小燕子！我們碰到老朋友了！』

小燕子一看，驚訝極了：

『這個梁大人還活著呀？他居然調到宗人府來了？』

紫薇看小燕子和金瑣：

『大家心裡有數吧，我們運氣不好，寃家路窄！』

『什麼「路宰」不「路宰」！這個王八蛋早就「該宰」了！』小燕子恨恨的說。

那個官員，不是別人，正是當初被小燕子大鬧婚禮的梁大人。見三人居然談起話來，大怒，重重的一拍桌子：

『大膽！妳們嘴裡說些什麼？趕快過來畫押！』

就有好幾個獄卒，分別拽著三人，去看狀子。小燕子看也不看，對梁大人大笑：

『梁大人！你把人家的閨女搶去作媳婦，又把新娘子弄丟了，這個案子，到底了了還是沒了？你把新娘子賠給人家沒有？』

梁大人大驚，仔細看小燕子，想了起來，再看紫薇和金瑣，恍然大悟。跳起身子，大叫：

『原來是妳們三個！不用審了，這是三個女賊！偷了我家，大鬧婚禮，劫走了我家的新娘，我和她們的帳還沒算，她們居然還混到皇宮裡去欺騙皇上！給我打！給我重重的打！』

梁大人一聲令下，獄卒們的鞭子，就噼哩叭啦的抽向三人。鞭子很快的打裂了衣服，在三人身上臉上，都留下了一道道血痕。小燕子大叫一聲，跳了起來，就直撲梁大人。

『我把你這個狗官給斃了！』

好幾個獄卒，身手不凡，迅速的抓住了小燕子，把她的頭抵在地下，緊緊壓著。

紫薇喊著：

『小燕子！好漢不吃眼前虧！』

梁大人神氣活現的，繞著三個人走：

『這才像話！現在，趕快畫押！畫了押，我們大家都好交差，半夜三更，我也沒時間跟妳們耗著！』

獄卒們就押著三人，去看供紙。小燕子問紫薇：

『這上面寫些什麼？』

紫薇看著供狀，唸道：

『小女子夏紫薇、小燕子、金瑣三人，串通了福倫大學士，以及令妃娘娘，混進皇宮，假冒格格，預備乘皇上不備之時，謀刺皇上……』唸到這兒，紫薇不唸了，仰天大笑起來：『哈哈哈哈！太可笑了，我從來没有看過這麼好笑的東西，胡說八道到這種地步……哈哈哈哈……』

『妳畫押不畫押？』梁大人怒喊。

小燕子對梁大人一口啐去，大罵：

『畫你的鬼腦袋！畫你的魂！畫你的祖宗八代，你們全家通通不是人！全是狗臉豬身子蛇尾巴的怪物……』

小燕子罵得匪夷所思，梁大人氣得七竅生煙。

『給我打！打到她們畫押爲止！』

鞭子又抽向三人。金瑣痛極，大喊：

『你們要屈打成招嗎？就是打死我們，我們也不可能畫那個押的！小姐是什麼人物，小燕子

是什麼人物？你們真的不在乎嗎？』

梁大人走過來，用腳踏在金瑣背上，用力一踩。

『啊……』金瑣痛喊。

『我倒要看看，妳們是什麼人物？可以撒豆成兵嗎？有三頭六臂嗎？』

『我們什麼都沒有！只有這一股正氣！不論你怎麼打，我們不畫押，就是不畫押！死也不畫押……』紫薇正氣凜然的喊。

『捉起她們的手來，給我畫個符號就可以了！』梁大人吩咐獄卒。

獄卒就去拉扯三人的手。紫薇忽然說：

『算了！算了！我畫押！』

獄卒扶起紫薇，紫薇握了筆，在整張狀子上畫了一個大叉，在後面寫下『狗屁』兩個大字。

梁大人走過來，『啪』的一聲，給了紫薇一個耳光。力道之大，使她站立不住，跌倒在地。

梁大人就用腳踹著她。金瑣見狀，狂喊出聲：

『天啊……這還有王法嗎？』

小燕子對梁大人揮拳摩掌，咬牙切齒的大叫：

『姓梁的，你給我記著，我會跟你算帳的！你小心，我會在你身上刺它一百個洞……』

梁大人陰沉沉的笑了：

『好！我等著妳，今天不招，還有明天！明天不招，還有後天！我們就慢慢的磨吧！看誰最後認輸！』揮手對獄卒說：『先帶下去！明天再審！』

獄卒拖著遍體鱗傷的三人出了刑房，又丟進牢房。

三個姑娘，趕緊彼此去看彼此的傷，忙著去給對方揉著，吹著。

小燕子痛定思痛，哭了。

『我不明白，皇阿瑪怎麼會把我們關到這個地方來？他真的不要我們兩個了嗎？在微服出巡的時候，他一路都那麼高興，對我們好得不得了！出巡回來，他還賞各種菜給我們吃，許我們「沒上沒下」，那個體貼溫柔的皇阿瑪，現在在那裡呢？』

紫薇沈思，有些瞭解的說：

『他在想著我們，他不知道我們的情況這麼慘！這不是他的本意，那張供狀，擺明了要把我們，福家，和令妃娘娘一網打盡！妳們想想，也知道是怎麼回事了！我們勇敢一點，等皇上想明白了，或者會來救我們的！』

『他會嗎?妳還相信他啊!』金瑣毫無把握的問。

紫薇看著虛空，深深的沈思。

『我不是相信他，我相信人間的至情至愛!』她轉身摟住兩人:『讓我們靠在一起，彼此給彼此溫暖，彼此給彼此安慰吧!』

三人緊緊的靠著，好生悽慘。

25

乾隆又是徹夜無眠。

他想著紫薇，依稀彷彿，就看到紫薇在對他唱著歌：

『山也迢迢，水也迢迢，山水迢迢路遙遙。盼過昨宵，又盼今朝，盼來盼去魂也消！夢也渺渺，人也渺渺，天若有情天也老！歌不成歌，調不成調，風雨瀟瀟愁多少？』

乾隆抬眼看著虛空。現在，他明白了，這是雨荷的歌，雨荷的心聲，雨荷的等待，雨荷的哀怨，雨荷的相思……他閉上眼睛，心中悽惻。

然後，小燕子和紫薇的影像，就交疊著在他眼前出現。她們的聲音，也交錯著在他耳邊響

起：

『皇阿瑪！我跟你說實話吧！我根本不是「格格」，你就放了我吧！』小燕子說。

『我爹，在很久很久以前，爲了前程，就離開了我娘，一去沒消息了！』紫薇說。

『皇阿瑪！你也收她當個「義女」吧！』小燕子說。

『我娘說，等了一輩子，恨了一輩子，想了一輩子，怨了一輩子……可是，仍然感激上蒼，讓她有這個「可等，可恨，可想，可怨」的人！』紫薇說。

『我的阿瑪不是皇上，我的阿瑪根本不知道是誰？』小燕子說。

『皇上……請答應我，將來，無論小燕子做錯什麼，您饒她不死！』紫薇說。

『我從來不知道，有爹的感覺這麼好！皇阿瑪，我好害怕，你這樣待我，我真的會捨不得離開你呀！』小燕子說。

『皇上，你不用困惑，那不是「勇氣」，只是一種「本能」！』紫薇說。

『把你當成「爹」啊！』小燕子說。

『我知道沒有資格，但是，我好想跟小燕子說同樣一句話！』紫薇說。

乾隆眼前，各種各樣的小燕子，各種各樣的紫薇，聲音交疊，影像交疊，越來越亂，越來越

響，在他眼前，如閃電，如奔雷，紛至沓來。可愛的小燕子，可愛的紫薇；率真的小燕子，高雅的紫薇；熱情的小燕子，體貼的紫薇；讓他不能不寵愛的小燕子，讓他不能不心痛的紫薇……

乾隆終於明白了，不知爲什麼，心中痛楚，眼中模糊。用手抵著額頭，他陷入深深的沈思中。

令妃走了過來，輕輕的喊：

『皇上！』

乾隆抬頭，茫然的看著令妃。

『皇上不要自苦了！當初錯認格格，確實是臣妾的錯誤，您罰我吧！』

乾隆茫然的說：

『怎麼罰？罰妳，還是罰朕？爾康有句話說對了，這都是朕的錯！當時對雨荷的「情不自禁」，造成今天所有的故事，如果有人要爲這個故事承擔什麼，是朕，不是那兩個丫頭！』

令妃緊緊的，熱烈的看著乾隆，知道乾隆想通了。她如釋重負，含淚說：

『皇上，如果您真的想透了，說不定柳暗花明，海闊天空！臣妾一直以爲，親情之愛，是人間最深刻、最長久的愛！皇上身邊，雖然兒女成群，卻沒有一個，像小燕子和紫薇那樣，千方百

計的讓您高興。愛護她們，享受她們，也是一種幸福吧！』

乾隆震動極了，感動的看著令妃，所謂紅粉知己，唯有令妃了。

乾隆真的不知道，紫薇、小燕子和金瑣已經陷進慘不忍睹的狀況裡去了。

這天，三個人又被推進刑房，獄卒用三根鐵鍊，將紫薇、小燕子、金瑣吊在房內。獄卒們手裡握著鞭子，殺氣騰騰。地上，燒著一盆炭火，烙鐵燒得紅紅的。金瑣一看，魂飛魄散：

『小姐，看樣子，他們預備弄死我們了，我們怎麼辦呀？』

紫薇四面看看，吸了口氣，說：

『小燕子，金瑣，我們大家勇敢一點，不是同年同月同日生，可以同年同月同日死，也是我們的福氣！不要哭，不要怕，讓我們死得有骨氣一點！』

小燕子的豪氣被紫薇燃起了。

『是！金瑣，我們爭氣一點！別因爲我們是女人，就讓人小看了！』

一陣腳步雜沓，梁大人帶著一隊官兵，走了進來。梁大人坐定，驚堂木猛的一拍。

『好了，我們再開始！今天，妳們三個準備好了沒有？要不要畫押？』

『不畫！說什麼都不畫，要殺要打，悉聽尊便！就是不畫！』紫薇說。

小燕子破口大罵：

『畫你這隻梁烏龜！「畫」你被幾千斤的大石頭「壓著」！畫你梁烏龜被壓，壓得頭破血流，烏龜殼碎了一地……』

梁大人怒吼：

『她們三個欠打！給我打，重重的打！狠狠的打！』

鞭子就對著三人一陣猛抽。三人被打得衣衫破碎，鞭痕累累。金瑣痛極，忍不住了，就叫了起來：

『啊……好痛……啊……』

『金瑣！我們來唱歌！』紫薇喊，就大聲的唱起歌來：『今日天氣好晴朗，處處好風光！蝴蝶兒忙，蜜蜂兒忙，小鳥兒忙著，白雲也忙！馬蹄踐得落花香！』

爲了抵擋疼痛，金瑣和小燕子也跟著大唱了：

『眼前駱駝成群過，駝鈴響叮噹！這也歌唱，那也歌唱，風兒也唱著，水也歌唱！綠野茫茫天蒼蒼！』

梁大人見三人居然大唱起歌來，怒極，喊道：

『妳們三個女賊，死到臨頭，還不知道悔改？趕快畫押！再不畫，我們就大刑侍候了！不要敬酒不吃吃罰酒！快畫！』

官兵拿著寫好的供詞，送到小燕子面前去。

三人沒有一個看供詞，歌聲更響了。

『烙刑侍候，把她們的臉蛋給毀了！』梁大人喊。

獄卒立刻取出燒紅的烙鐵，惡狠狠走上前來。三個姑娘已將生命置之度外，但是，當燒紅的烙鐵直逼面門時，就忍不住膽戰心驚了。

就在這時，外面忽然有人大喊：

『聖旨到！聖旨到！……』

小燕子又驚又喜，狂喊著：

『紫薇，聽到沒有，皇阿瑪來救咱們了！』

『有救了，有救了！我就知道皇上不會忘記咱們！』金瑣又哭又笑。

梁大人一驚，慌忙跪倒。衆獄卒和官兵立即跪了一地。

紫薇半信半疑，隨著聲音看去。只見永琪帶著爾康、爾泰衝了進來，後面跟著的，居然是柳青、柳紅。永琪一進門，就拿著一張假聖旨，虛晃了晃，大聲說：

『皇上有命，立刻帶小燕子、紫薇、金瑣三人進宮，不得有誤！』

永琪在那兒晃著聖旨，爾康、爾泰、柳青、柳紅就奔上前來，爾康一見三人這等景況，已經大怒，拔出劍來，一陣欽鈴哐啷，卻砍不斷那些牢牢的鐵鍊。爾康對獄卒大吼：

『還不趕快鬆綁！』

梁大人覺得情況不對，急忙大喊：

『慢著！讓我看看這張聖旨！』

永琪立刻發難，大吼著說：

『我是五阿哥，今天親眼目睹你們動用私刑，好大的狗膽！我要你們償命！』

爾泰已經抽刀，劈向獄卒。柳青柳紅撲上前來，銳不可當，噼哩叭啦一陣，打倒獄卒，搶下鑰匙，爲三人開鎖。

小燕子驚喊：

『柳青柳紅，怎麼是你們……』

柳青低聲警告：

『我們來救你們，不要多說，跟我們殺出去！』

梁大人跳起身子，大喊：

『有人劫獄啊……來人呀！來人呀……有人劫獄呀……』

紫薇等三人，掙扎著站起身來，這時才知道永琪等人是來劫獄，驚愕互看。

『大家快走！馬車在外面等著！』柳紅喊。

大家還來不及走，官兵已經一擁而至。

永琪、爾泰、爾康、柳青、柳紅拔刀的拔刀，拔劍的拔劍，和那些官兵大打起來。小燕子看到這種情形，精神大振。也顧不得自己身上的傷，奪了獄卒的一把長劍，反手就直刺梁大人，梁大人大驚，狼狽奔逃，喊著：

『女俠饒命！女王饒命！格格饒命！女菩薩饒命……』一面喊，一面滿室奔逃。

『你現在喊我天王老子也沒有用了！』小燕子喊，追著梁大人，一劍劈下。梁大人的衣袖立刻破裂，手臂上一條血痕。

小燕子第二劍又刺了下去，梁大人嚇得屁滾尿流，狼狽奔竄。

『女王饒命……饒命……小的是烏龜，不值得女王弄髒了劍……』

小燕子怒喊：

『你這個孬種！我要在你身上刺一百個洞……』又一劍刺進梁大人肩膀。小燕子拔劍，再一劍刺進梁大人的大腿。

梁大人倒地，滿地翻滾，嘴裡狼嚎鬼叫：

『哎喲！殺人啊……劫獄啊……』

爾康急喊：

『紫薇和金瑣已經支持不住，大家不要打了，走人要緊！』

永琪就對受傷倒地的梁大人喊：

『你看清楚，今天劫獄的是我，五阿哥！不要把罪名亂扣給別人！』

爾康扛著紫薇，柳紅扛著金瑣，永琪拉著小燕子，大家就衝出門去。

就在爾康永琪爾泰大鬧宗人府的時候，乾隆已經迫不及待的，把福倫、傅恒、紀曉嵐、鄂敏都召進了宮，坦白的問大家：

『關於還珠格格，這整個事件，想必你們大家都知道了！朕現在已經把小燕子和紫薇，都關在宗人府的大牢裡，雖然她們兩個，都異口同聲，說紫薇是格格，但是，朕已經不知道能不能信任她們！朕緊急召各位賢卿入宮，是希望知道大家的看法！福倫對案情最清楚，曉嵐、傅恒、鄂敏都曾和她們兩個一路出巡，到底這兩個姑娘，朕應該怎麼處置才恰當呢？』

大家低頭，人人都不敢說話。紀曉嵐排眾而出：

『臣斗膽，說出心裡的看法！這本是皇上的家事，不論皇上如何處置，不用顧慮大家的看法！還珠格格雖然有欺君之罪，但是，是她的天性使然！她的淘氣，皇上最是清楚，所謂王法，也得兼顧人情！還珠格格入宮以來，常常讓皇上開懷大笑，功過可以相抵，實在罪不至死！』

乾隆不禁連連點頭：

『那……紫薇呢？』

紀曉嵐凝視乾隆片刻。

『紫薇姑娘，在皇上微服出巡時，隨侍皇上左右，任勞任怨，讓人感動不已！至於遇刺的時候，奮不顧身，更不是常人所能做到，當時，帶給臣的震撼，就非常强烈！現在想來，才恍然大悟，所謂「本能」，大概是父女天性吧！皇上自己，應該比任何人都清楚啊！』

乾隆震動已極，看著紀曉嵐。紀曉嵐沈吟片刻，又說：

『皇上，一本好書，看到最後一頁，雖然因爲和自己預期的結局有點不同，難免有些惆悵。但是好書就是好書，換一個角度去看，應該更是回味無窮啊！兩個格格，天真爛漫，溫柔可人，是皇上的福氣！何不以寬大的胸懷，原諒她們小小的過錯，享受她們的天倫之愛呢！』

紀曉嵐的話，如醍醐灌頂，把已經心軟的乾隆，完全點醒了。

乾隆沈吟片刻，方才如大夢初醒般說：

『是啊！朕一直覺得，她們兩個，親切得像朕的兩隻手，一左一右，是朕身體的一部份，和朕密不可分！真的，假的，又都怎樣？最可貴的，是那一片真心啊！』

福倫一聽此話，便排衆而出，躬身請命：

『紫薇姑娘，自從身受重傷，始終不曾完全康復，宗人府那個監獄，陰暗潮濕，恐怕不宜久留，如果皇上開恩，不知可不可以放她們出來？』

乾隆尚未答話，紀曉嵐也上前，躬身說：

『皇上，可憐兩位格格，身子柔弱，尤其紫薇姑娘，大病初癒，怎麼禁得起牢裡的折騰呢？』

乾隆震動，心中熱血澎湃，再難遏止。急促的說：

『各位賢卿，隨朕出宮走一趟，去宗人府，親自釋放那兩個丫頭吧！』

大家趕快應著『遵旨！』正要行動，忽然看到官兵狂奔而來，跪地稟告：

『皇上！五阿哥和福家兄弟，帶了武林高手去宗人府劫獄，把三個女犯全部救走了！』

乾隆大驚失色。

『什麼？什麼？』

福倫臉色慘變。

就有一個官兵，身上還濺著鮮血，跪行到乾隆面前，稟告：

『啓稟皇上，五阿哥和福家兄弟，假傳聖旨，說皇上有令，傳還珠格格等人進宮，乘大家接旨之時，打傷獄卒和梁大人，殺傷侍衛，劫走了三個人犯！』

乾隆一聽，再看血跡斑斑的官兵，頓時怒不可遏：

『假傳聖旨，打傷朝廷重臣，劫走人犯！簡直膽大包天！傅恒、鄂敏！』

『臣在！』傅恒鄂敏急忙答應。

『馬上帶兵去把他們給捉回來！』

福倫對著皇上一跪。

『臣請旨，去捉拿逃犯！』

乾隆怒看福倫：

『你父子連心，難道不是同謀？捉拿什麼？』

福倫磕頭，誠惶誠恐的説：

『臣教子無方，罪該萬死！但是，絶對不是同謀，讓臣去追捕，以免兩個逆子抗旨拒捕！』

乾隆震怒的一揮手：

『去！務必把他們活捉回來！一個都不能放掉！以後還有誰敢爲這兩個丫頭説情，一起重懲！這樣胡作非爲，讓人忍無可忍！幾個人捉回來之後，全體死罪！』

同一時間，一輛馬車在晨霧瀰漫的曠野裡疾奔。駕車的是柳青和柳紅。

『駕！駕！駕……』

鞭子抽下，馬兒狂奔。

車內，小燕子、金瑣、紫薇都披上了爾康等人的衣服，遮住受傷的身子，東倒西歪的靠在爾

康和永琪懷裡。小燕子看著永琪，又是震驚，又是感動，又是擔心：

『真没想到，你們會來劫獄……這樣一劫獄，下面要怎麼辦呢？』

永琪義無反顧的說：

『天涯海角，我們流浪去！』

『怎麼可以這樣，你是阿哥啊！』小燕子驚喊。

『阿哥又怎樣？就算高高在上，嚮往的只是平凡人的夫妻生活啊！』

小燕子心中一熱，淚水奪眶而出：

『五阿哥，有你這幾句話就夠了！我不能把皇阿瑪最寵愛的兒子拐走，這樣太對不起皇阿瑪了，你一定要回去！』

紫薇也驚看著爾康：

『你呢？預備也不要家了？』

『正是！決心劫獄，就没有回頭路了！』爾康堅定的說。

紫薇大驚：

『那你的阿瑪要怎麼辦？皇上會氣死的！』

爾康生氣的衝口而出：

『不要管皇上了，那麼心狠手辣，自己的骨肉，可以關進大牢，私刑審判，受盡折磨，不值得妳再爲他付出了！』

『可是……你的父母會被牽連的，不能這樣做……』

爾泰大聲的接口：

『紫薇，小燕子，妳們放心！我送你們一程，就把你們交給柳青柳紅，他們是你們的哥們，會保護你們直奔濟南，重新開始生活！我回宮裡去見皇上！阿瑪和額娘，有我侍候，我哥和五阿哥，從此，就交給你們了！』

『那……如果皇上大發雷霆怎麼辦？』紫薇震驚的問。

爾泰大笑，豪氣干雲。

『那……就是「要頭一顆，要命一條」了！』

馬車來到一個荒原，柳青柳紅四顧無人，勒住了馬。

大家紛紛跳下車來。爾泰毅然決然的對衆人說：

『大家珍重！我送到這兒，不送了！』

爾康重重的把爾泰的手一握。

『爾泰，沒想到，兜了一個大圈子，還是走到這一步！從今以後，對阿瑪盡孝，對皇上盡忠，都是你的責任了！我不知道該對你說什麼，有個這樣的弟弟，是我一生的驕傲！』

永琪也拍著爾泰的肩膀，充滿離愁和感激的說：

『皇阿瑪那兒，一定有一番驚天動地，你要小心應付！』

柳青、柳紅走了過來。柳青說：

『我想來想去，覺得這樣不好，要走，爲什麼大家不一起走？鬧成這樣，已經不是小事，爾泰能夠脫罪嗎？萬一皇上要找人開刀，豈不是就剩一個爾泰？』

紫薇抱著胳臂，因爲遍體鱗傷，痛得發抖，激動的挺身而出，急切的說：

『爾康、爾泰，我沒有料到你們會大膽劫獄，弄成這樣，真的是不可收拾！柳青的話很對，爾泰現在回去，根本就是羊入虎口，要面對的風暴實在太大，說不定會代我們幾個送命！我現在有一個提議，你們要不要聽我？』

小燕子著急的喊：

『不要再婆婆媽媽了，爾泰，你跟我們一起逃吧！再耽擱下去，說不定追兵就來了！我們大

家有福同享，有難同當吧！』

爾泰往後一退，看著眾人，微笑，衣袂翩然。一股『風蕭蕭兮易水寒，壯士一去兮不復還』的樣子。他堅定、自信、鏗然有聲的說：

『你們走！不要再遲疑了，換了是我，有這樣生死與共的知心伴侶，我會頭也不回的走掉！現在，禍已經闖了，總要有人面對和承擔！否則，會有很多無辜的人要倒楣！何況，阿瑪和額娘，失去了爾康，不能再失去我！我要回去面對這一切，收拾這個殘局，這是我的責任！你們不要擔心我，皇上是仁慈的，今天要把小燕子和紫薇置於死地的不是皇上！我相信，皇上會原諒我，會想明白的！再見了，我們後會有期！』

爾泰說完，昂首闊步，回頭就走。

紫薇大急，一把抓住爾康的衣服：

『爾康！我們一起回去！爾泰有一句話很對，皇上是仁慈的，讓我們一起去面對皇上，我們去自首，去認錯！劫獄，是情迫無奈，皇上會聽的，他從來没説過要我們死！我寧願回去面對風暴，不能讓爾泰代我們受罪！』

爾康看著爾泰的背影，心中愴惻，一時無語。

小燕子也看著爾泰的背影，淚，就滴滴答答往下掉。

『如果爾泰有個什麼，我永遠都不會原諒自己！』

『我也是！』金瑣低聲接口。

大家彼此互視，個個眼中含淚。爾康一跺腳，大喊：

『那還等什麼？大家上車吧！柳青、柳紅，你們不要再跟著我們了！免得被我們牽連！承蒙幫助，大恩不言謝！』

小燕子把柳紅緊緊一抱，又是淚，又是笑的喊：

『誰說大恩不言謝，我謝妳、謝妳、謝妳一百次、一千次、一萬次！』又奔過去，重重的用手背在柳青肚子上一拍。『柳青！等我飛黃騰達以後，我一定封一個王給你做！小燕子無戲言！』

柳青柳紅大驚失色。

『好不容易劫獄劫成功了，難道你們還要回去？你們都瘋了嗎？』柳青喊。

『皇上一生氣，說不定把你們全體斬了！』柳紅也喊。

紫薇鄭重的說：

『人，要活得坦蕩蕩，要活得心安理得，如果我們的生命，建築在爾泰、阿瑪、額娘的痛苦裡，我們活得還有價值嗎？還有意義嗎？還活得下去嗎？』

爾康就重重點頭，對柳青說：

『紫薇說得對！苟且偷生不是辦法！劫獄，是情不得已！回去，是責無旁貸！只能這樣了！』

柳青柳紅看著大家，知道大家的心念已定，勸也勸不住了，感動的說：

『除了祝福，我無話可說了！』

於是，大家都上了車，爾康坐在駕駛座，一拉馬韁。馬車向前疾馳而去。

曠野中，風起雲湧。柳青、柳紅站在那兒，拚命對大家揮手，喊著：

『再見！再見！後會有期！大家珍重！』

車子追上了爾泰，爾泰聽到車聲，驚異的回頭，車子停都沒停，一面飛馳，爾康就一面伸手一撈，把爾泰撈上了駕駛座。爾康大笑說：

『上車吧！大家決定有福同享，有難同當！該面對的，一起去面對！大家都一樣，要頭一顆，要命一條！』

福倫、傅恒、鄂敏帶著馬隊，才追到城門口，就遇到了率眾歸來的爾康和爾泰。

爾康、爾泰滾鞍下馬，對福倫跪下。

『阿瑪！讓您受累了！我們正快馬加鞭，預備回宮去見皇上！』

永琪跟著跳下了車。對眾人一拱手：

『勞師動眾，是我的不是了！這就隨各位回去領罪！』

片刻以後，大家都在乾隆面前聚齊了。

小燕子、紫薇、金瑣都是臉上帶傷，蒼白憔悴，行動不便，穿著爾康等人的上衣，狼狽的跪在地上。爾康、爾泰、永琪跪在後面。福倫、鄂敏、傅恒肅立於後。

傅恒對乾隆行禮，稟告：

『臣和鄂敏、福倫，剛剛才走到城門口，就看到他們正快馬加鞭的趕回宮，所以立即帶來了！恐怕「劫獄」之說，另有隱情，請皇上明察！』

乾隆看著紫薇、小燕子、和金瑣。震怒之餘，卻被三人的狼狽所驚嚇了。瞪大眼睛，驚問：

『妳們三個怎麼了？臉上的傷，從何而來？』

小燕子再也忍不住，痛喊出聲：

『皇阿瑪！您好狠的心！殺了我們，不過是腦袋一顆，我們痛一痛，也就過去了！你把我們關在那個又黑又臭的地方，蟑螂啃我們的手指甲，老鼠啃我們的腳趾甲，晚上，好多鬼和我們一起哭！讓我們坐也不能坐，站也不能站，睡也不能睡……這也算了，你還要那個和我們有仇的「梁貪官」來審問我們，逼我們畫押，不畫押，就用鞭子抽我們……皇阿瑪！你怎麼能這樣對我們？有什麼深仇大恨，讓您要這樣弄死我們？自從進宮以來，好多次，我都想偷偷溜走，一去不回頭，我不走，是因爲你的慈愛呀！早知道，你會這樣對待我們，我和紫薇，真是大錯特錯，千不該，萬不該，要認這個爹呀！』

乾隆愕然，驚異得一塌糊塗。

『審妳們？朕還沒有決定要不要審，誰敢審妳們？』

『就是那個梁大人啊！他說「奉旨」審我們！皇阿瑪！你看！』

小燕子倏然讓外衣從肩上滑落，露出傷痕累累的手臂和雙肩。再膝行過去，不由分說的拉下紫薇的外衣，和金瑣的外衣，三個慘遭毒打的身子，就暴露在陽光下。小燕子悽厲的喊：

『皇阿瑪！這是你給我們的？這些傷痕是假的嗎？不把我們弄死，你就不甘心嗎？我們真的這麼罪大惡極嗎？』

乾隆震驚，看著三個女子，渾身鞭痕累累，心痛已極，踉蹌後退，大怒的喊：

『傅恒！去把那個梁某人給我帶來！馬上去！』

『是！』傅恒急步而去。

三個女子，把衣裳拉好。紫薇這才抬起頭來，深深的看著乾隆，眼中，仍然盛滿溫柔，盛滿千言萬語，盛滿孺慕之思：

『皇上！我們又犯下不可原諒的大錯了！假傳聖旨，傷人劫獄，我們知道，禍，已經越闖越大，不可收拾了！今天，我們本來要集體大逃亡，馬車已經跑到郊外，我們仍然決定回來，面對皇上！我們前來懺悔，認錯，領罪……要殺要剮，我們都顧不得了！回來，是相信皇上還有一顆仁慈的心，是相信我這些日子來，對皇上的認識和仰慕！如果，我們真的難逃一死，請饒恕五阿哥和福家兄弟！他們自從認識了我們，一路被我們連累，才弄到今天這個地步！』

乾隆凝視紫薇，在紫薇的哀哀敘述下，心已軟，心已痛。

『不要說了！傷成這樣，趕快去漱芳齋休息，傳太醫馬上進宮！』

就有侍衛大聲應著，急步退下。

紫薇磕頭說：

『皇上如果不原諒福家兄弟和五阿哥，紫薇寧願跪著，不願起身！』

乾隆眉頭一皺：

『假傳聖旨和劫獄，是多麼嚴重的事，那裡可以聽妳一句求情就算了？妳現在是泥菩薩過江，管妳自己就好了！還管什麼別人？這福家兄弟，如此膽大妄爲，怎能原諒？』

福倫聽到這兒，就『崩咚』一跪，淚流滿面了。

『皇上，請看在老臣幾代的忠心下，網開一面，臣只有這兩個兒子啊！』

爾康忍無可忍，開口說：

『皇上，幸虧我們去劫獄，如果不去，她們三個，現在都已經死了！』

永琪也急忙說：

『皇阿瑪！當兒臣趕到的時候，她們三個，全用鐵鍊吊在空中，皮鞭沾了鹽水，狠狠的往她們三個身上抽！她們是姑娘啊！這樣虐待，傳出江湖，我們大清朝的顏面何在？皇阿瑪的英名何在？』

爾泰接口：

『何況，她們三個，一個是皇上封的「還珠格格」，一個是皇上的「金枝玉葉」！真相沒有查清，就要殺人滅口嗎？』

小燕子就不顧一切，大喊著說：

『皇阿瑪！今天所有的事情，都是我一手造成的！我願意一人做事一人當，你饒了他們大家，我就豁出去，不要腦袋了！』

乾隆怒看小燕子：

『妳以爲朕不敢砍妳的腦袋是不是？確實，這所有的錯誤，所有的問題，都是妳一個人造成的！如果妳不冒充格格，什麼問題都沒有了！』一咬牙：『好，既然妳要代大家死，朕就成全妳！』就回頭大喊：『來人呀！把還珠格格推出去斬了！』

乾隆此話一出，就有侍衛，大聲應著，前來抓住小燕子。永琪忙著磕頭，痛喊：

『皇阿瑪！請千萬不要啊！』

紀曉嵐帶頭，對乾隆一跪，所有大臣，就全部跪下了，大家都真情流露的喊：

『皇上請開恩！』

紫薇抬頭，淚流滿面，大喊：

『皇上！您忘了當初答應過我，不論小燕子做錯什麼，饒她不死！君無戲言！』

『那是「饒她不死」，現在，是她甘願代你們而死！』

紫薇、爾泰、爾康、永琪、金瑣就同聲大喊：

『我們不要她代！要殺一起殺！』

乾隆往後一退：

『你們居然敢威脅我，是不是以爲朕就是「不忍」殺你們？』

紫薇抬著頭，帶淚的眼睛，直視到乾隆的內心深處去，哀聲的喊：

『皇上啊！我們回來，是個必輸之賭，我們什麼把握都沒有，唯一的籌碼，就是皇上的「不忍」呀！』

乾隆一震，驚看紫薇。在紫薇那盈盈然的眸子裡，看到一個負心的、跋扈的、自私的、無情的乾隆。他打了個寒戰，悚然而驚了。

小燕子反正腦袋不保，什麼都不管了，大喊著說：

『皇阿瑪，你從來沒有承認過我呀！你詔告天下，只說我是「義女」，既是「義女」，當然

不是真格格，你根本没有把我當成女兒，我那有「欺君」？如果你當初相信我是真格格，而你卻說我是你的「義女」，那麼，你豈不是「欺民」？』

乾隆被小燕子這幾句話，說得更加汗顏了。

這時，傅恒捉了全身綁著繃帶的梁大人過來，擲在地上。

『皇上，梁廷桂已經捉拿在此！』

梁大人渾身發抖，趴在地上。

『皇……皇上……開恩……饒命……』

乾隆的一股怒氣，全部轉移到梁大人的身上，一聲怒喝：

『是誰讓你夜審小燕子？說！』

『是……是……皇上……』

『什麼是皇上？朕什麼時候要你審過她們？』

『宮裡……宮裡的密令……要她們畫押認罪……畫押以後……』

乾隆大吼，聲如洪鐘：

『畫押以後，要怎樣？』

『格殺勿論！』

『宮裡誰傳的話？密旨在那裡？』

『只有……口傳……』

『誰的口？』

『卑職不敢說……不敢說……是一個公公……』

乾隆怒極，回頭喊：

『傅恒，把這個梁廷桂，拖出去斬了！』

梁大人就殺豬般的叫了起來：

『沒有罪證，怎能殺我？皇上開恩啊！』

紀曉嵐起身，走上前去，從袖子裡掏出三張供紙，遞給乾隆。

『皇上，這是臣在宗人府搜出來的！』

乾隆一看，怒上眉梢。把狀子往懷裡一揣，大喊：

『立刻斬了！再抄了他的家！證據？三個姑娘的傷痕還不夠嗎？』

『臣遵旨！』傅恒大聲應道。

傅恒就拖著狼嚎鬼叫的梁大人走了。

梁大人一走，乾隆就對跪了一地的衆人說：

『大家都起來吧！鬧得我頭昏腦脹，氣得我胃痛！爾康、爾泰，你們還不趕快傳太醫，給三個姑娘療傷！』

小燕子大喜，跳起身子喊：

『皇阿瑪！您不殺我啦？』

『妳振振有詞，我殺了妳，難逃攸攸之口！』

小燕子不敢相信的問：

『那……您也原諒大家了嗎？』

乾隆看著小燕子：

『朕被你們要脅，要殺就要殺六個，妳刁鑽古怪，殺了也罷了，偏偏朕又答應不殺妳！至於其他的人，朕確有「不忍」之心啊！』就低頭看紫薇，用充滿感性的聲音說：『妳真厲害，妳用那個唯一的籌碼，贏了這場賭！』

紫薇看著乾隆，甜甜的笑了。

『我知道我會贏……我一直都知道……我會贏！』

紫薇說完，眼前一黑，就暈倒在地了。

爾康忘形的急喊：

『紫薇！紫薇！』就撲了過去。

乾隆比爾康更快，一彎腰，抱起紫薇，臉色蒼白，真情流露的喊道：

『太醫！太醫在那兒？快來救我的女兒啊！』

26

乾隆定定的看著紫薇。

紫薇躺在床上，已經梳洗過了，換上乾淨的衣裳。太醫也診治過了，所有的傷口，都在令妃的照顧之下，細心的擦了藥。內服的藥，也立刻去熬了。可是，紫薇一直昏迷不醒，藥熬好又冷了，大家試了又試，根本沒有辦法把藥餵進去。太醫說是『新傷舊創，內外夾攻』，才會讓她這樣軟弱。乾隆看著昏迷的紫薇，心裡的後悔和自責，就像浪潮般洶洶湧湧而來，把他一次又一次的淹沒。坐在床邊，他緊緊的盯著她。這是第二次，他等待她甦醒，上次是她爲救他而受傷，這次，卻是他把她弄成這樣！他的心，隨著她的呻吟而抽痛。腦子裡，一再響著她那句話：

『皇上，您的心那麼高高在上，習慣了衆星捧月，竟不習慣人間最平凡的親情了嗎？』

是啊，自己那麼高高在上，一個『生氣』，就可以給人冠上『欺君大罪』，關進大牢！如果自己不是皇上，紫薇怎會弄成這樣？現在，他不是皇上了，他不再高高在上，他只是一個焦急的父親了。

紫薇不醒，整個漱芳齋都好緊張。小燕子和金瑣，也都上過藥，吃過藥了，大難不死，還能回到漱芳齋，劫獄之後，還能保住腦袋，本來應該個個欣喜如狂。可是，看到紫薇昏昏沉沉，她們兩個誰也笑不出來。天靈靈，地靈靈，保佑紫薇吧！

爾康、爾泰和永琪，都在外間大廳裡等著，人人神情憔悴，憂心如焚。紫薇不醒，大家的心都揪著。爾康在室內不停的走來走去，每走到窗前，就用額頭去碰著窗櫺，碰得窗櫺砰砰直響。天靈靈，地靈靈，保佑紫薇吧！

是的，天也靈靈，地也靈靈。紫薇終於悠悠醒轉了。

紫薇慢慢的睜開了眼睛，立刻接觸到乾隆那焦急的、心痛的眼神。她一時之間，不知道自己身在何處，慌忙坐起，驚喊了一聲：

『皇上！』

令妃長長的吐出一口氣來，一面伸手按住紫薇，一面歡喜的喊：

『醒了！醒了！太醫，是不是醒過來就不礙事了？』

『妳醒了嗎？真的醒了嗎？』小燕子仆了過來，抓住她搖著，又哭又笑：『妳不要常常這樣嚇我好不好？為什麼這麼嬌弱嘛？又不是只有妳一個人挨打，我們兩個都沒事，怎麼妳動不動就昏倒？』

『別搖她，別搖她……』太醫喊著，一面急急的給紫薇診脈：『皇上，紫薇姑娘沒有大礙了！趕快吃藥要緊！快把藥熱了拿來！』

『是！』好多聲音同時回答，腳步雜沓，奔出奔進。

小燕子聽太醫說沒事了，就放開紫薇，飛跑到外面大廳裡去報佳音：

『她醒了！她醒了！太醫說沒有大礙了！』

爾康正走到窗子旁邊，聽到這話，大大的透出一口氣，一聲『謝天謝地』脫口而出，精神驟然放鬆，身子一軟，腦袋又砰的在窗櫺上一撞。

小燕子奔回臥房。

一屋子的人忙忙亂亂，跑出跑進。乾隆只是定定的看著紫薇，半晌，才啞聲說：

『可憐的孩子，妳又受苦了！』

紫薇好震動，凝視著乾隆，屏住呼吸，不知道眼前這個男人，是一個皇上，還是一個爹？還是兩樣都是？

金瑣急急捧著藥碗過來：

『小姐！藥來了！趕快趁熱喝下去！』

令妃把紫薇扶著坐起來，金瑣就端碗要餵。令妃說：

『我來餵吧，小燕子、金瑣，妳們身上都是傷，也該去躺著休息！』

『我知道我知道，等紫薇吃了藥，我們再休息！』小燕子急急的說。

『我那裡有那麼衰弱？我自己下床來吃！』紫薇完全清醒了，急忙說。對於自己這麼嬌弱，動不動就暈倒，也歉然極了。『每次都弄成這樣，害大家擔心，真是對不起！』

乾隆見她弄得這麼狼狽，還要忙著向大家道歉，心裡又猛的一抽，說不出有多麼痛。一伸手，他從金瑣手中，接過藥碗，凝視著紫薇，說：

『不要嘴硬了，太醫說，妳舊傷還沒好，現在又加新傷，如果不好好調理，會留下病根來的！』就回頭看小燕子和金瑣：『妳們該吃藥的去吃藥，該休息的去休息！一個個都是滿臉病

容，滿身的傷！這兒，讓我來！』

乾隆就端著藥碗，吹冷了藥，用湯匙餵到紫薇唇邊。

紫薇不相信的看著乾隆，像是作夢一樣。眼裡常常有的那種『千言萬語，欲說還休』的神情，現在化爲一片至深的感動。她扶著乾隆的手，輕輕飲了一口，然後，再飲了一口，眼淚就落下來了。她抬起頭，含淚看乾隆：

『皇上！你知道嗎？當小燕子第一次冒險出宮，告訴我，她被誤認爲格格的經過。她說，皇上親手餵她喝水吃藥，她當時就「昏掉」了，再也無法抗拒格格的身份了！我聽了，好羨慕，哭著說，如果有一天，皇上會親手餵我吃藥，我死也甘願了。沒想到，我真的等到了這一天！我也快「昏掉」了！』

乾隆心裡一熱，眼眶潮濕了。一面餵著藥，一面說：

『不許再「昏掉」了，每次都嚇得我心驚膽戰！』

紫薇就誠心誠意的應著：

『是！以後再也不會了！再也不敢了！』

大家看著乾隆餵紫薇吃藥，人人都震動極了，感動極了。令妃、小燕子、金瑣的眼裡，都含

著淚。明月、彩霞、臘梅、冬雪……都感動得唏哩嘩啦。

紫薇就痴痴的仰望著乾隆，一口一口的把藥吃了。

門口，爾康、爾泰和永琪都忍不住伸頭張望，看到這一幕，大家激動的互視。爾康笑了，眼裡，一片模糊。紫薇啊，這一天，妳是用生命換來的啊！

乾隆放下藥碗，不禁用一種嶄新的眼光，深深的看著紫薇。不由自主的，在她眉尖眼底，找尋雨荷的影子，這才驚異於母女的相似。他奇怪著，怎麼這麼久，自己居然沒有看出這一點？或者，雨荷在自己的生命裡，就像她說的，是『蜻蜓點水，風過無痕』了。他想到這兒，對雨荷的歉疚，和對紫薇的憐惜，就融成一片了。他凝視著紫薇，帶著無限的感慨，無數的真情，誠摯的說了：

『妳等這一天，等得真是辛苦，弄得遍體鱗傷，千瘡百孔！是朕的錯！回憶起來，妳幾次三番，明示暗示，朕就是沒有想明白！朕覺得妳像一個謎，也沒有細細去推敲謎底！那天，把妳們三個下獄，只是因爲皇后咄咄逼人，朕一時之間，心亂如麻，只想先懲罰妳們一下，再來想想要怎麼辦，沒料到，又把妳們送進虎口裡去了！朕看著這個新傷舊傷，到處都傷的妳，真是心痛極了！』

紫薇的眼睛濕漉漉的。她的唇邊，卻湧上了笑。

『皇上，您不要心痛，能夠等到今天，我再受多少的苦，也是值得的！』

乾隆盯著她，聲音啞啞的：

『妳還叫我皇上嗎？是不是應該改口了？』

紫薇不能呼吸了，屏息的、小聲的說：

『我不敢啊！不知道皇上要不要認我？』

乾隆眼中，一片濕潤，努力維持著鎮定，低啞的一吼：

『傻丫頭！朕到那兒再去找像妳這麼好的女兒，琴棋書畫，什麼都會！簡直是朕的翻版！跟朕一樣能幹！不認妳，朕還認誰？』

紫薇眼淚一掉，衝口而出的大喊：

『皇阿瑪！』

乾隆伸出手去，便把紫薇緊擁在懷中了，對紫薇那份複雜的愛，終於歸納成唯一的一種愛，那種人生來就具備的本能，親情之愛。

旁觀的金瑣和小燕子，忍不住都哭了。金瑣哭著抓住小燕子，又笑又跳。

『她等到了！她做到了！她找到她爹了！』就抬眼看天，雙手合十的禱告：『太太，我完成了您的託付，您也安息吧！』

小燕子抱著金瑣，也是又哭又笑又跳，激動得不得了，不住口的喊：

『我把格格還給她了！我總算把格格還給她了！』說到這兒，熱情奔放，不能自已，就忘形的把乾隆和紫薇統統一抱：『皇阿瑪，我做錯了好多好多的事情，闖了好多禍！我的頭腦只有蝦米一樣大，想出來的都是餿點子，雖然攪和得亂七八糟，可我還是把紫薇帶到你身邊了……』

乾隆清清嗓子，有力的接口：

『所以，將功折罪了！』拍拍小燕子的頭：『朕現在才明白，妳爲什麼一天到晚，擔心妳的腦袋了！還好，這顆腦袋，還是長得很牢的！』

令妃拭著面頰上滾落的淚珠，回頭大喊：

『你們還不過來參見紫薇格格嗎？』

明月、彩霞、臘梅、冬雪、小鄧子、小卓子、小路子……全體奔來，在床前一跪，吼聲震天的喊：

『奴才參見紫薇格格！格格千歲千歲千千歲！』

在門口張望的永琪、爾康、爾泰彼此互看，三隻手用力一擊。

『她做到了！』爾泰大喊。跳了三尺高。

『她做到了！』永琪也大喊。跳了五尺高。

『她做到了！』爾康喊得最大聲。幾乎跳到屋樑上去了。

門內門外，一片激動。

這時，院外忽然傳來太監的大聲通報：

『皇后駕到！』

紫薇大驚，臉色驟然變了。

爾康、爾泰、永琪全體變色。

乾隆一凜，倏然的站起身來。

皇后帶著容嬤嬤，背後跟著宮女太監們，昂首闊步的走進了漱芳齋。

永琪和爾康、爾泰急忙上前行禮。

『皇額娘吉祥！』

『臣福爾康／福爾泰參見皇后娘娘！皇后娘娘吉祥！』

皇后一看到三人，怒火中燒，不可遏止。頓時嚴峻的說：

『原來你們三個都在這兒！「劫獄」好玩嗎？』

三人低頭，一個都不敢說話。

乾隆帶著令妃，從臥室裡面大步而出。乾隆迎視皇后，想到遍體鱗傷的紫薇和小燕子，恨不打一處來，聲色俱厲的喊：

『皇后！妳來得正好！如果妳不來，朕也準備馬上去坤寧宮看妳！』

皇后看到令妃也在，更是又嫉妒又惱怒。再看到小燕子和金瑣，站在房門口，猶豫著是不是要上前參見。她就更加生氣了，高高的昂著頭，她用冷冽的眼光，掃視眾人，氣沖沖的說：

『皇上，這漱芳齋今兒個是「家庭聚會」嗎？』

乾隆也高高的昂著頭，清清楚楚的說：

『皇后說的不錯！朕剛剛認了紫薇，她是格格了！』

皇后又氣又急，驚喊：

『皇上！你左認一個格格，右認一個格格，到底是在做什麼？』

『只要朕高興，可以把全天下失去父親的姑娘，全部認做格格！連小燕子都會說，人不獨親其親，不獨子其子！如果皇后有這種胸襟，那才是真正的皇后！』

皇后一震，怒視乾隆，義正辭嚴的說：

『臣妾又要「忠言逆耳」了！』

乾隆怒喊：

『把妳的「忠言逆耳」收起來吧！否則，包妳會後悔！』

皇后毫不退縮，氣勢凜然的說：

『臣妾不會後悔！臣妾寧可一死，不能眼看著皇上被小人所欺騙！您睜大眼睛瞧瞧吧！不要被這兩個來歷不明的丫頭弄得昏頭轉向！五阿哥帶人劫獄，你不懲罰，福家兄弟，假傳聖旨，殺人劫囚，犯下滔天大罪，你也不管！反而把忠心耿耿的梁廷桂給斬首抄家！你這樣不問是非，不分青紅皂白，被兩個女子，一群孩子牽著鼻子走，你就不怕被天下恥笑嗎？』

乾隆一拍桌子，大喊：

『放肆！』

『皇上是不是要把臣妾也推出去斬了？』皇后問。

乾隆從懷中，掏出那三張狀子，往桌上一拍。

『這是妳的密令嗎？要把妳所忌諱的人一網打盡嗎？妳好狠呀！朕不會斬了妳，妳是皇后，朕當初立了妳，今天就不會斬妳！但是，妳心胸狹窄，不擇手段，簡直可惡極了！朕可以廢了妳，但是，朕不要！朕要把妳送進宗人府，讓宗人府去仔細調查這段公案！聽說那兒又黑又臭，有蟑螂會啃手指甲，有老鼠會啃腳趾甲，妳和容嬤嬤，一起進去享受享受，等待審判吧！』

皇后臉色大變，容嬤嬤嚇得發抖。容嬤嬤急忙拉扯皇后的衣袖。抖著聲音說：

『皇后！請不要跟皇上嘔氣吧！二十幾年的夫妻呀！十年修得同船渡，百年修得共枕眠，這是緣份，也是福份呀！』就對乾隆一跪，落淚說：『皇上！皇后娘娘的脾氣，您是知道的！她一心一意，只是爲了皇上好呀！』

乾隆一拂袖子，面帶寒霜，聲音冰冷：

『這種話，朕已經聽膩了，沒有用了！』毅然決然的：『皇后！妳明天就去宗人府，朕已經決定了！』

『臣妾犯了何罪？』

『要太監假傳聖旨，密令梁大人，私刑拷打兩位格格，一個丫頭，還要串供謀害令妃、福

倫，這還不夠嗎？』

皇后一驚，急急的說：

『臣妾絕對沒有要梁廷桂拷打她們，只是傳話要他早一點辦案而已，這些，都是梁廷桂自己在搗鬼！』

『可惜現在已經死無對證了！』乾隆不為所動。

皇后看著眼裡閃著殺氣的乾隆，忽然覺得這個皇帝好陌生。也忽然體會到一件事，乾隆對她，是『恩已斷，情已絕』，毫無眷戀了。想到宗人府那個地方，想到許多打進那兒的妃嬪宗室，從此永無天日，她的心已經怯了，氣也怯了，可是嘴裡仍然強硬倔強：

『就算是我傳話，臣妾也是要為皇上除害！』

乾隆怒極：

『到了這個時候，妳還是這樣說！妳已經不可救藥了！朕只好馬上辦妳！』就回頭大叫：

『爾康！』

『臣在！』爾康應著。

『把皇后帶到宗人府去！馬上押進去！』

爾康怔住，不知道該不該行動。永琪和爾泰都驚怔著。

『爲什麼不動？』乾隆對爾康吼著，臉色嚴肅，眼神悲憤：『上次對紫薇用針刺，這次烙刑鞭子全部動用，這樣殘忍，這樣狠心，還有什麼資格當皇后？她什麼都不是了！她是一個罪大惡極的女人！爾康、爾泰！你們立刻給朕把她押到宗人府去！不許耽誤！聽到沒有？』

大家這才知道乾隆是認真的，就全體震驚起來。畢竟，皇后的地位，高高在上，不能隨便定罪。萬一皇后入獄，宮中一定大亂。

永琪對著乾隆，雙膝落地，誠摯的喊：

『皇阿瑪！請息怒！皇額娘貴爲國母，就算做錯什麼，也不能這樣做啊！大清朝從沒有一個皇后，被送進宗人府。再說，十二阿哥年紀還小，不能離開親娘啊！看在小阿哥的份上，皇阿瑪請三思啊！』

容嬤嬤更是磕頭如搗蒜：

『皇上息怒，皇上息怒！』

皇后聽到乾隆，句句指責，字字像刀，已經心灰意冷。再看乾隆傲然挺立，對於永琪的求情，毫不動容，更是萬念全灰。她四面張望，忽然看到桌上有個針線籃，裡面有布匹針線和剪

刀。她就突然衝過去，一把拿起剪刀來。衆人驚呼，以爲皇后要行刺，爾康爾泰雙雙一躍，便把乾隆擋在身後。大家驚呼：

『皇上！小心！』

『皇后！妳要做什麼？』乾隆大喊。

誰知，皇后把髮簪一抽，及腰的長髮，立刻披瀉下來，皇后抓起頭髮，就用剪刀去瘋狂的亂剪。嘴裡悽厲的大喊：

『忠言逆耳！不如削髮爲尼！』

所有的人，都大驚失色。容嬤嬤就撲上前去，死命的去搶那把剪刀，痛哭著喊：

『皇后！妳這是何苦？妳這樣折磨妳自己，真正心痛的，只有妳的容嬤嬤啊！』

『皇額娘不可以！』永琪喊著，也撲上去幫容嬤嬤搶剪刀。

皇后披頭散髮，狀如瘋子，和容嬤嬤滾倒在地上，拚命要剪自己的頭髮，宮女們也撲上前去，幫著容嬤嬤搶剪刀。皇后死命不放，又吼又叫。大家搶搶奪奪下，容嬤嬤和冬雪都被剪刀刺傷，驚呼連連，房裡桌翻椅倒，亂成一片。好不容易，大家才搶下了剪刀。皇后的頭髮，已經剪下了好幾綹。

皇后力氣已經用盡，坐在地上，眼神呆滯，一語不發。

滿屋子的人都靜悄悄，睜大眼睛，不敢相信的看著那個幾近瘋狂的皇后。

這時，紫薇不聲不響的走了過來，她的臉色依舊白得像紙，腳步也踉踉蹌蹌。但是，她的眼神堅定穩重，面容安詳從容。她走過去，跪在皇后身前，含淚幫皇后挽住頭髮。明月急忙捧來梳妝用具，紫薇就細心爲皇后梳頭髮，一面梳，一面柔聲說：

『皇后娘娘，現在，妳雖然很恨我，但是，我相信，有一天，妳會喜歡我！滿人最珍惜自己的頭髮，沒有國喪，不得剪髮！頭髮，幾乎是滿人的一種標記！皇后娘娘，無論妳多麼生氣，千萬千萬，不要把您的頭髮給剪了！』

皇后看著紫薇，見紫薇輕言細語，高貴恬靜，這種氣勢，竟把身爲國母的自己，比了下去。她這才知道，要和這位來歷不明的格格鬥法，是自己自不量力。如今，弄成這種局面，大勢已去。終於明白了一件事，從今以後，她這個『皇后』，恐怕要在宗人府的監牢裡，度過餘生，不禁痛定思痛，突然放聲大哭。

紫薇用髮簪將她的頭髮牢牢簪住，就將皇后輕輕的推進容嬤嬤懷中。

『容嬤嬤，好好照顧她！』

紫薇轉向乾隆，虔誠的拜倒於地。

『皇阿瑪！您剛剛認了我，請幫我積德，不要跟皇后嘔氣了！所謂宗人府，有兩個格格已經進去過了，不要再讓皇后進去了！您的恩澤遍天下，不獨親其親，不獨子其子，何況是結髮夫妻呢？請答應我，算是您許我的「論功行賞」吧！』就磕下頭去：『紫薇謝謝您！』

乾隆驚看紫薇，簡直不敢相信她的所作所爲。

房內所有的眼光，都看著紫薇，大家都被紫薇那種高貴的氣質所征服了，房間裡只有皇后和容嬤嬤的飲泣聲，其他，什麼聲音都沒有了。

然後，容嬤嬤就跪得直直的，恭恭敬敬的對紫薇磕下頭去。

皇后就這樣回到了坤寧宮，乾隆什麼都不追究了。但是，清朝的這位皇后，在若干年以後，又和乾隆大起衝突，激怒下，終於把自己的頭髮全體剪了。乾隆大怒，說：『無髮之人，如何母儀天下？』就把她打入冷宮了。一年之後，這位皇后就抑鬱而死。清朝有一位『無髮國母』，說的就是她。這是後話，和我們的故事沒有關係，按下不表。

回到我們的故事。這天，乾隆帶著爾康、爾泰、永琪三人走到御花園。心情雖然愉快，仍然

有些煩惱和遺憾：

『這件「劫獄」事件，朕就不再追究了！你們三個，以後一定要收斂一點！兩個丫頭，也逐漸恢復健康！總算讓朕鬆了一口氣，可是，爾康和塞婭的婚事，不能再耽擱了！』

爾康大急，往前一邁步，急促的說：

『皇上，我不能娶塞婭！請皇上三思！』

乾隆看了爾康一眼，十分無奈的說：

『朕對於你的心事，早已心知肚明。你想，朕那麼喜歡紫薇，她的心上人，朕如何捨得配給西藏公主呢？但是，皇上的承諾，是一言九鼎，不容反悔的！朕和你，以及紫薇，都要做一番犧牲，這是身爲一個臣子，和一國之君，必須付出的代價！紫薇身爲格格，也不能不爲大局著想，作一個割捨！』

永琪幫著爾康，急忙說：

『皇阿瑪！您再想一個辦法，您不知道，紫薇和爾康，真的是山盟海誓過！紫薇對爾康說過一句話：「山無稜，天地合，才敢與君絕！」皇阿瑪，您怎樣能讓山變得沒有稜角，天跟地都合併在一起呢？只有到那樣一天，他們兩個才能分手呀！』

乾隆好生震動。

『山無稜，天地合，才敢與君絶！』他唸著：『是嗎？紫薇説的？』

爾康拚命點頭，眼中盛滿了痛楚。

『皇上，您再辦一次比武，讓所有還沒結婚的王公子弟，全部參加！或者，塞婭和巴勒奔會發現比爾康更加合適的人選！』爾泰急忙建議。

乾隆頷首沈吟，說：

『説不定這是一個辦法，朕要想一想……』

乾隆低頭沈思，這時，只聽到小燕子一聲大喊：

『塞婭！妳往那裡跑？妳以爲武功我比不過妳，輕功也比不過妳嗎？』

乾隆和衆人驚異抬頭，定睛看去。只見塞婭揮著金鞭，小燕子揮著九節鞭，兩根鞭子上上下下，翻飛不已，兩人且戰且追，嘴裡，卻嘻嘻哈哈的笑著。原來隨著時間過去，這兩個姑娘，年齡相仿，氣味相投，居然作了朋友。小燕子一心要説服塞婭放棄爾康，對塞婭也攏絡起來了。

塞婭邊打邊叫邊笑：

『還珠格格，來呀！來呀！』

小燕子一飛身，躍到塞婭面前，喊著：

『來來來！讓我打你一個落花流水！』

小燕子對於四個字的成語，說得最順口的，就是一個『落花流水』了。

『什麼花什麼水？我打你一個「喇叭花流鼻水」！』塞婭正在拚命學中文，接口接得很快。

小燕子大笑：

『哈哈！哈哈！妳這個「喇叭花流鼻水」比我的亂七八糟話還要亂七八糟！笑死我了！笑死我了！』

兩人一面追著，一面打著，打到了乾隆等人的面前。

塞婭一眼看到爾康，好樂，忘了打架，開心的跑來。

『爾康，你躲到那裡去了，害我都找不到你！』

爾康見到塞婭，頭都大了，躲也沒地方躲，一臉的狼狽。

塞婭這樣一分心，手裡的鞭子竟被小燕子的鞭子捲住，脫手飛去。

塞婭驚呼，抬頭看著飛向天空的鞭子。

鞭子從天而降，忽然之間，爾泰躍起，接住鞭子。笑著大喊：

『塞婭！要鞭子，就來追我！追到了我，鞭子才要還妳！』

爾泰說著，撒腿就跑。塞婭一聲嬌叱：

『看你往那裡跑！我追你一個「落花流水」！』

塞婭便拔腳追去。

乾隆和眾人，看得傻眼了。

爾泰舞著鞭子，跑得飛快，一面回頭喊：

『來呀！怎麼那麼慢？西藏公主都跑不動啊？』

塞婭已跑得喘吁吁，還在嘴硬：

『誰說？誰說？鞭子還我！』

『才不要！』

爾泰把鞭子扔向空中，塞婭立刻飛身去接。爾泰卻比她快，早已躍起，接住鞭子。塞婭氣得掀眉瞪眼，咬牙說：

『好！看你厲害還是我厲害！』

兩人開始搶鞭子。

爾泰有意賣弄，鞭子忽而在空中，忽而在手中，忽而在塞婭眼前，忽而又變到塞婭身後，塞婭被他弄得頭暈眼花，嬌喘連連。

塞婭知道敵不過爾泰了，忽然往草地上一坐。

『不搶了！不搶了！輸給你了！』

爾泰就在她身邊坐下。凝視著她說：

『西藏的姑娘，都和妳一樣漂亮嗎？』

塞婭不禁對爾泰嫣然一笑。

從這天起，爾泰幾乎天天和塞婭在一起。

塞婭騎術很好，兩人常常比賽馬。北京郊區，西山圍場，兩人都跑遍了。每次都賽得臉紅耳赤，嘻嘻哈哈。

『來追我呀！來追我呀！我騎馬，是一等的好！』塞婭喊。

爾泰笑著說：

『哈！吹牛都不打草稿！動不動就一等的好！這麼「大言不慚」！』

塞婭聽得糊裡糊塗，瞪著眼睛喊：

『什麼牛啊，草啊，饞不饞的？牛看到草，當然饞啦！怎麼會「大眼不饞」呢！那一定是一隻大笨牛！』

爾泰大笑起來：

『說不定，妳和小燕子是雙生姐妹，一個被西藏王弄去做了公主，一個流落到北京來，成了還珠格格！小燕子的爹娘都不知道是誰，我看，應該從妳身上著手，好好的調查一下！』

『你嘰哩咕嚕，說些什麼？』塞婭聽不懂。

『說妳很可愛！』爾泰由衷的說。

塞婭又嫣然一笑。

塞婭有『不服輸』的個性，對武術興趣大得很，兩人除了賽馬之外，更喜歡比武。爾泰的武功，當然遠勝過塞婭。可是，每次比武，他總是讓著她。喜歡看她勝利的樣子，也喜歡捉弄她。

這天，兩人打來打去，爾泰故意一個失手，被塞婭拋在地上。

『哎喲！哎喲！中原的姑娘都很溫柔，那裡像妳這麼野蠻！我的腿摔斷了，不能動了！哎喲哎喲……』爾泰叫著，煞有其事。

塞婭著急的跪在爾泰身邊，去檢查他的腿。

『那裡痛？我不是故意的！』

『妳就是故意的！』爾泰生氣的喊。

『真的不是故意的！』塞婭著急的喊，就去拉爾泰的腿：『看看能不能動？』

爾泰突然從地上一躍而起，大笑：

『中原的男人，可沒有那麼容易受傷！』

塞婭發現受騙了，跳起來就要打爾泰。

『你騙我！中原的男人太壞了！』

爾泰拔腳就跑，塞婭拔腳就追。

兩人也去遊山玩水，塞婭喜歡水，因爲西藏很少看到河流。到了河邊，聽到流水潺潺，就高興得不得了。

這天，塞婭有些心事，她往河邊的草地上一躺，看著天空。爾泰在她的身邊躺下。看著她。

『北京的天空很藍，我喜歡。』她說。

過了一會兒，她又說：

『北京的河水很清，我喜歡。』

再過一會兒，她再說：

『北京的草地很綠，我喜歡。』

爾泰轉頭看著她。

『北京的勇士，妳最喜歡？』

『是！我最喜歡！』

爾泰用手支住頭，深深的盯著她。

『北京的勇士，不是只有爾康一個！』

塞婭凝視爾泰，嫣然一笑，伸手把爾泰的脖子一抱。

『這個，我「最最」喜歡！怎麼辦？怎麼辦？』

當巴勒奔大笑著，不好意思的對乾隆說：

『真沒有辦法，我那個塞婭，已經被我慣壞了！她說她選錯了，現在，說什麼都不肯嫁給爾康，一定要嫁給爾泰，反正他們兩個是兄弟，皇上，你就包涵一點！那個爾康，你還是留給你的格格吧！』

乾隆已經心知肚明，心裡高興，卻故意吹鬍子瞪眼睛：

『這不大好吧！我向來都是「一諾千金」的！』

巴勒奔聽不懂，連忙回答：

『千金啊？沒關係沒關係，我會送「一萬金」來當嫁妝的！』

乾隆大笑了：

『哈哈哈哈！那只好換人了！』

我們的故事，已經到了尾聲。

乾隆對『還珠格格』的公案，作了這樣的宣佈：

『今天，朕請各位賢卿到這兒，是要把還珠格格的事情，做一個結論！大家都已經知道，小

燕子當初受傷進宮，被誤認爲格格，真正的還珠格格應該是紫薇！今天，朕正式撤掉小燕子的冊封！但是，小燕子進宮以來，非常得到朕的喜愛，朕另外封她爲「還珠郡主」，指婚給五阿哥！』

小燕子驚喜莫名，跪下謝恩。

『謝皇阿瑪……』覺得不對，改口道：『謝皇上！』

乾隆看著小燕子：

『朕聽妳叫「皇阿瑪」已經聽慣了！反正，妳也逃不出皇宮了，做了朕的媳婦，還是要叫朕一聲「皇阿瑪」，妳就不要改口了！』

小燕子眼中充淚了，笑道：

『是！小燕子遵旨！』

永琪也跪下，感激涕零了。

『謝皇阿瑪恩典！』

乾隆一笑，看紫薇和爾康：

『至於紫薇，朕正式冊封她爲「明珠格格」，指婚給福爾康！』

紫薇和爾康都跪下了。齊呼謝恩。

乾隆再一笑，説道：

『福爾泰即日起封爲貝子，指婚給西藏塞婭公主！』

爾泰跪下謝恩。

乾隆分配完畢，心情歡快，大笑說：

『還珠格格的一段公案，總算結束，希望各歸各位，各得各的幸福！兒女幸福，就是朕的幸福了！哈哈哈哈！』

衆臣全部躬身祝賀：

『恭祝皇上一家團圓，萬歲萬歲萬萬歲！恭祝「明珠格格」回歸家園，千歲千歲千千歲！』

婚事雖定，乾隆還想多留紫薇和小燕子兩年，並不急著讓他們成婚。倒是爾泰和塞婭，奉旨提前結婚。七個年輕人不在乎什麼時候成婚，大家在乾隆的特許『可以不避嫌疑，隨時相聚』之下，常常騎著七匹馬，馳騁在綠野中。

這天，塞婭一面騎馬，一面喊：

『北京的馬没有我們西藏的馬好，跑都跑不動！』

『誰説的？』小燕子不服輸的嚷著：『北京的馬是「特等的好」！比你們西藏馬强多了！』

『算了算了！』塞婭大笑：『妳就是爾泰説的，那個牛看到了草，還「大眼不饞」！』

小燕子傻眼了。

『這是什麼話？』

爾泰忍不住發笑。

塞婭一夾馬腹，往前飛奔。小燕子立刻追了過去。

永琪在後面喊：

『剛剛才學會騎馬，别逞能了，當心又摔了！』

小燕子那裡肯聽，已經和塞婭跑到前面去了。

爾康笑看爾泰。

「爾泰，我不知道該怎樣謝你！』

爾泰看著前面奔馳的兩個女子，微笑説：

『不要謝我，塞婭有她可愛之處！説真的，她很多地方，好像小燕子，我想，在我心裡，也

有一個「補償作用」吧！」

永琪深深看爾泰：

「爾泰，應該是我來說，不知道怎麼謝謝你！」

爾泰大笑，說：

「你們的謝，我通通收著！將來，你們加利息還給我，怎樣？」

「一言爲定！有一天，你需要我們，我們「萬死不辭」！」永琪說。

「別說得那麼嚴重！」

「「生死相許」的事，怎麼不嚴重？」

紫薇和金瑣，瞭解的微笑。看著這樣的畫面，想著來京的種種，兩人心中，都有說不出來的喜悅。幸福，就閃耀在兩人眼底。

小燕子發現衆人落在後面，策馬奔來。

「你們這些人是怎麼回事？騎個馬，也慢慢吞吞？」

紫薇笑了：

「我才不和自己開玩笑，騎馬，我還生疏得很，萬一摔了怎麼辦？何況，天氣這麼好，不冷

不熱，風也這麼好，醺人欲醉，策馬徐行，不是也別有滋味嗎？』

小燕子聽不懂，大叫著抗議：

『醺什麼醉什麼？這兒又沒有酒，又沒有菜，那兒有滋味嘛！』

『我們已經「化力氣爲漿糊」了，跑不動了！』爾康笑著接口。

塞婭早已奔了過來，聽得糊裡糊塗，歡聲的接口：

『要喝酒吃菜嗎？好極了！那個「漿糊」好吃嗎？我只吃過「奶糊」！我現在餓了，不是「大眼不饞」，是「小嘴很饞」，我們去那裡吃東西？』

爾泰大笑說：

『不得了！一個小燕子常常來個「雞同鴨講」也就算了，現在，又加了一個西藏人！』

大家都笑了。

『我太高興了！我好想唱歌！』金瑣說。

『我們一起唱！』紫薇說。

那首歌，大家都熟悉了，就歡聲的大唱起來：

『今日天氣好晴朗，處處好風光！
蝴蝶兒忙，蜜蜂兒忙，小鳥兒忙著，白雲也忙！
馬蹄踐得落花香！
眼前駱駝成群過，駝鈴響叮噹！
這也歌唱，那也歌唱，風兒也唱著，水也歌唱！
綠野茫茫天蒼蒼！』

歌聲中，笑聲中，大家騎馬向綠野中奔去。

——全書完——

一九九七年七月十九日初稿完稿於台北可園
一九九七年七月三十日修正於台北可園

後記

『還珠格格』這個故事的靈感，來自於北京的地名『公主墳』。

我到過北京很多次，對於北京的地名和巷名都很感興趣。因爲它很寫實。例如『帽兒衚衕』像帽子，『狗尾巴衚衕』像狗尾。看到名字，就可以想像它的地形。可是，北京有個地區，名叫『公主墳』，就非常奇怪了。

和一些北京朋友談起，才知道這個地名有個傳說：

相傳，在乾隆時期，乾隆收了一個民間女子作爲義女，封爲『格格』。這位『格格』去世後，仍然不能葬在皇家祖墳，所以，就葬在『公主墳』這個地方。當然，那時的『公主墳』還是

一片荒煙蔓草，是個很偏僻的地方。這個地方因爲有幸葬了一位『公主』，從此就叫『公主墳』，一直延用到今天。

傳說的內容非常簡單。但是，給人的想像空間實在很大。

我忍不住就想像起這位『格格』的故事來，是怎樣的因緣讓她認識乾隆？是怎樣的經過，可以進宮？進宮以後，過的是什麼生活？以一個民間女子，來適應宮闈生活，她如何適應？乾隆爲什麼收她爲『義女』？既然封爲『格格』，一定非常非常喜歡她，後來又怎樣……想來想去，覺得這實在是一個很好的小說題材，應該是一本很厚的書。我就在腦子裡醞釀著這個故事。

去年年底，我決定動筆寫這個故事。當時，真沒料到是這麼龐大的工作。

我很少寫清宮小說，還沒提筆，就面臨到許多的問題。參考書堆滿了桌子，還沒寫書，就先看書。對於那個時代的稱呼、禮儀、說話方式、規矩……我幾乎要一樣樣的學習。我儘量讓這本書現代化，畢竟，看書的人都是現代人。如果我犯了什麼錯誤，希望讀者多多包涵。

乾隆，一直是我很想寫的一個人物。因爲，他是一個有故事的皇帝，他的下江南，已經被人寫了又寫。關於他的傳說非常之多，包括他自己的身世之謎。他的大臣，像和珅，像紀曉嵐，像傅恒，像劉墉，像福康安……都是小說材料。他一生娶了四十幾個妃嬪，有情無名的還不知其數。他的妃嬪們，許多都有動人的故事。著名的回族女子『容妃』，就是後世繪聲繪色的『香

妃』。他生了十七個兒子，十個女兒。這樣一個皇帝，他的感情世界到底是怎樣的？有這麼多的兒女，傳說中的『民間格格』，是怎樣進駐到他的內心的？於是，我大膽的走進那個時代，虛擬了這個故事。

今年年初，我開始寫『還珠格格』，這一寫，就是大半年。

根據『傳說』，寫成『小說』，當然絕對不是歷史。我不想限制自己的思緒，一任它天馬行空。所以，這是一本故事性很強的書。我儘量用最平易近人的文字來寫它，希望讀者能很輕鬆的閱讀。

『小燕子』這個人物，是我以前的小說中不曾寫過的，對我來說，她是我的一個挑戰。我很熟悉紫薇，並不擅長寫『小燕子』，用了很多時間在『小燕子語言』上。寫完了，我自己卻很喜歡『小燕子』。但願我的讀者們，跟我一樣喜歡她。

親情，一直是我筆下的『主題』。我相信，全天下的女兒，都是家裡的『格格』，全天下的兒子，都是家裡的『阿哥』。

謹將此書，獻給天下所有的『格格』和『阿哥』們！

瓊瑤

一九九七年八月一日於台北可園

《瓊瑤全集1》 **窗外**	康南注視她憔悴的眼神時，感到不能抑制的痛心，難道師生之戀是那麼罪無可赦嗎？……
《瓊瑤全集2》 **幸運草**	假如有人能尋獲由四瓣心形葉片合成的『幸運草』，他就能擁有永恆的幸福?!
《瓊瑤全集3》 **六個夢**	六個夢，六個淒美絕倫的故事，每個故事讀來，都將讓你爲之掬一把同情與心疼之淚。
《瓊瑤全集4》 **煙雨濛濛**	書桓的離開，讓依萍彷彿佇立在四周空寂無人的荒野中，忘了空間，也忘了時間……
《瓊瑤全集5》 **菟絲花**	與相依爲命十二年的母親訣別後，憶湄被寄養在素未謀面的羅教授家，這位羅教授是誰？
《瓊瑤全集6》 **幾度夕陽紅**	自從女兒曉彤在舞會中認識魏如峰之後，夢竹二十年來平靜的生活再起波濤……
《瓊瑤全集7》 **潮聲**	黑眸、復仇、苔痕、婚事、落魄、終身大事、潮聲……，每篇都娓述一個極爲動人的故事。
《瓊瑤全集8》 **船**	當雅真決定爲自己的理想而遠行之際，一段飄若游絲的感情也面臨了嚴格的考驗……
《瓊瑤全集9》 **紫貝殼**	夢軒緊握住手中的紫貝殼，正如他強烈要給珮青所有的愛。但他卻務必要破壞妻子與兒女的幸福……
《瓊瑤全集10》 **寒煙翠**	詠薇在淩霄淩風二兄弟的相濡下，煩惱似乎無法駐足，但另一場隱隱的愛情風暴，卻開始醞釀……
《瓊瑤全集11》 **月滿西樓**	美蘅闖入翡翠巢恩怨交織的家族史中，她將會不知不覺踏入改變她命運的輪盤中？
《瓊瑤全集12》 **翦翦風**	在一場化裝舞會中，柯夢南藉著面具的掩飾，向藍采吐露深藏已久的愛意，卻引來了不斷地衝擊……
《瓊瑤全集13》 **彩雲飛**	涵妮離開人世後，長相一模一樣的小眉卻出現了，她將對雲樓帶來什麼樣的改變呢？
《瓊瑤全集14》 **庭院深深**	她眞的是含煙嗎？這在柏霈文心中已湮沒十年的名字，難道又以方絲縈的身分復活？

《瓊瑤全集15》
星河
他懷念舊妻美茹，卻又驚鴻沈溺在哀愁星河中的心虹，他該如何撥開雲霧？

《瓊瑤全集16》
水靈
江宇文從城市來到偏僻漁村，至少可暫時拋卻城市複雜的感情糾纏和那炙心的折磨吧……

《瓊瑤全集17》
白狐
縣太爺葛雲鵬救下雪白的狐狸。不久又收留了賣身葬父的白吟霜——她有一對和白狐一模一樣的眼神。

《瓊瑤全集18》
海鷗飛處
從香港到臺灣，她扮演各種全然不同的角色，不斷捉弄俞慕槐的感情，誰知反而不可抑制地愛上慕槐……

《瓊瑤全集19》
心有千千結
雨薔本不看好自己能忍受耿克毅的程度，但他卻讓雨薔走進自己不輕易開啓的複雜人生。

《瓊瑤全集20》
一簾幽夢
紫菱對雲帆若即若離，雲帆對紫菱卻牽腸掛肚，而爲情所逼的楚濂，又將在他們之間造成什麼變數？

《瓊瑤全集21》
浪花
她的畫竟能激發出賀俊之塵封已久的心靈！她將會擾亂俊之的生活，替賀家掀起撼人的漣漪嗎？

《瓊瑤全集22》
碧雲天
當依雲知道自己無法爲高皓天生子，她只好借碧菡之腹替高家傳宗接代，但是，愛情是可以讓渡的嗎？

《瓊瑤全集23》
女朋友
與夏小蟬凄然分手後，高凌風正面臨窮途潦倒之際，這時，在掌聲圍繞下的模特兒孟雅蘋出現了……

《瓊瑤全集24》
在水一方
十八歲驟成孤兒的杜小雙被帶回了朱家。在這兒，出現了兩位改變她生命的男人，她將如何選擇呢？

《瓊瑤全集25》
秋歌
身爲富豪之子的超凡，他該如何讓家人接受清寒的芷筠及智能不全的竹偉呢？

《瓊瑤全集26》
人在天涯
當志翔飛往羅馬去投奔大家都相信已功成名就的哥哥志遠時，卻不料志遠只是歌劇院內抬布景的雜工……

《瓊瑤全集27》
我是一片雲
宛露，她就像天上的一片雲，是自由的，也是飄零的，面對痴情的友嵐，她能爲他停留嗎？

《瓊瑤全集28》
月朦朧鳥朦朧
從遇見小女孩韋楚楚開始，靈珊踏入了韋鵬飛的家庭，他們互相吸引，直到靈珊發現『愛桐雜記』。

《瓊瑤全集29》
雁兒在林梢
丹楓回國後與姐夫墜入情網，但她又化名曉霜，把姐夫的弟弟迷得團團轉，到底她是懷著怎樣的心情呢？

《瓊瑤全集30》
一顆紅豆
初蕾是致文心中的紅豆，但初蕾與弟弟致中卻如青梅竹馬般的嬉鬧在一塊，致文該如何表達心迹呢？

《瓊瑤全集31》
彩霞滿天
瓊瑤說：『這是最近幾年來，我自己比較偏愛的一部作品，好幾次我竟被他們的愛情感動得熱淚盈眶。』

《瓊瑤全集32》
金盞花
因為金盞花，纖纖找到了單純的快樂；佩吟與自耕走入婚禮。金盞花，對他們而言，是永不離別的信物。

《瓊瑤全集33》
夢的衣裳
當雅晴遇見桑爾旋之後，一連串的變化，從此改變了她的一生。她能扮演好桑桑的角色嗎？

《瓊瑤全集34》
聚散兩依依
為什麼他們相遇的時間總是不對？相愛卻無法眞正擁有對方，盼雲與高寒之間，何時才能眞正相偎？

《瓊瑤全集35》
卻上心頭
傳說遠達的秘書都會成為蕭家媳婦。她相信自己不會再延續這種傳統，但當她對阿奇動心時，才發現……

《瓊瑤全集36》
問斜陽
多愁善感的訪竹，遇上了結過三次婚的顧飛帆，在即將結婚前，顧飛帆的第一任妻子微珊卻回來了……

《瓊瑤全集37》
燃燒吧！火鳥
生活的現實容不下她的無能，在經歷過一連串的挫折打擊後，巧眉終於走出自我，如燃燒中的火鳥。

《瓊瑤全集38》
昨夜之燈
每一盞燈後，都有一個故事，這裡有雪珂對葉剛無法抑止的熱情；有葉剛不能愛、不敢愛的痛楚。

《瓊瑤全集39》
匆匆，太匆匆
『我不敢怨恨上帝，不敢怨恨命運，只是不懂，眞的不懂——為何如此匆匆地帶去了我的駝駝——』

《瓊瑤全集40》
失火的天堂
當她帶著傷口，奮不顧身地接受展牧原的愛之後，她的天堂還會是充滿希望的嗎？

《瓊瑤全集41》
我的故事
『當前塵往事在我腦中一一湧現，我眞不相信自己已走過這麼長久的歲月，體驗過愛恨別離……』

《瓊瑤全集42》
冰兒
冰兒徘徊在風流倜儻與穩重踏實的兩位男人間，她將選擇世楚浪漫的眸海，還是依偎在慕唐安全的臂彎？

《瓊瑤全集43》 **剪不斷的鄉愁**	從別後，盼相逢，幾回魂夢皆相同，滾滾長江東流水，捲我鄉愁幾萬重！
《瓊瑤全集44》 **雪珂**	剛烈的格格雪珂在新婚之夜供出昔日的不貞！此舉讓她的丈夫至剛產生一種近乎撕裂般的痛苦和恨……
《瓊瑤全集45》 **望夫崖**	從東北流浪到北京，從北京放逐到雲南，夏磊這個熱情執著、叛逆不羈的男孩，他的生命將歸依何處？
《瓊瑤全集46》 **青青河邊草**	青青的兄嫂強逼她嫁給一個老頭做妾；小草的舅媽對她百般刁難，兩個女孩不甘命運，決定相偕逃走……
《瓊瑤全集47》 **梅花烙**	碩親王府的大福晉雪如即將臨盆，生男生女將決定她受寵或被打入冷宮，這沈甸甸的壓力幾乎壓垮了她。
《瓊瑤全集48》 **水雲間**	窮畫家梅若鴻瑟縮在畫室中，眼見衆人撮合他暗戀著的芊芊與年輕有爲的子默時，他的心宛如在淌血……
《瓊瑤全集49》 **新月格格**	『荆州之役』把新月格格的生命一剖爲二。戰亂中幸遇努達海相救，卻種下了更多的情與仇……
《瓊瑤全集50》 **煙鎖重樓**	夢寒嫁入擁有七道牌坊的曾家，大喜之日，硬被插入喪葬隊伍，夢寒震懾不已，這是何等殘酷的詛咒呀？
《瓊瑤全集51》 **還珠格格** **3之1陰錯陽差**	一個是走江湖的小騙子，一個是尋父的可憐孤女，到底誰才是當今皇上眞正的女兒？
《瓊瑤全集52》 **還珠格格** **3之2水深火熱**	大夥兒千方百計把紫薇送進宮中，卻引來皇后的嫉妒，甚而差點釀成一場災禍……
《瓊瑤全集53》 **還珠格格** **3之3真相大白**	本來是歡天喜地的微服出巡，卻在刺客出現時中斷，紫薇爲救乾隆而性命垂危，不知是生是死……

國家圖書館出版品預行編目資料

還珠格格 3 之 3 真相大白 / 瓊 瑤作品,
--初版 ，-- 臺北市 ： 皇冠，民 86
面 ； 公分，--（皇冠叢書；第 2778 種）
ISBN 957-33-1487-8（平裝）

857.7 86013261

皇冠 CROWN〈註册商標第173155號〉

皇冠叢書第二七七八種
〈瓊瑤全集53〉
還珠格格㊂之㊂眞相大白
作　者—瓊瑤
發 行 人—平鑫濤
出版發行—皇冠文化出版有限公司
台北市敦化北路一二〇巷五〇號
電話◎二七一六八八八八
郵撥帳號◎一五二六一五一一—六號
登 記 證—局版臺業字第五〇一三號
編　輯—金文蕙
美術設計—吳慧雯
校　對—鮑秀珍・林宜君・金文蕙
印 刷 者—秋雨印刷股份有限公司
台北市東興路四十五號五樓
電話◎二七六三六〇〇〇
著作完成日期—一九九七年（民86）八月一日
初版出版日期—一九九七年（民86）十一月二十四日
十二刷出版日期—一九九九年四月
◉法律顧問—蕭雄淋律師・王惠光律師

電腦編號◉000053
國際書碼◉ISBN 957-33-1487-8
Printed in Taiwan
本書定價◉新台幣160元